致青春 048

小清歡

（下）

雲拿月　著

高寶書版集團

目錄
CONTENTS

第八章　「世界以痛吻我」　005
第九章　沉醉　041
第十章　夏至未至　081
第十一章　我的夢裡有你　113
第十二章　眷戀　151
第十三章　守候　193
尾聲　在有你的未來裡……　233
番外　清歡　237
後記　251

第八章　「世界以痛吻我」

國中時的陳讓，成績優異，安靜乖巧，是所有老師眼中的楷模。他平時話很少，但自律嚴謹，態度一絲不苟，也從沒有什麼不良行為。初二某個晚自習結束後，回家的陳讓途經不知名巷口，遇上一樁事件。一群小混混喝醉酒，把一個女生堵在小巷裡。女生縮在角落哭啞了聲音，呼救聲音斷斷續續。就在陳讓猶豫幾秒鐘的時間裡，裡面傳出更大的動靜。叫罵、驚呼，還有女生瘋狂的喊叫。

少年大抵都有著純淨熱血，儘管他的性格沉悶又無趣。陳讓報了警，管了這樁閒事。女生劇烈掙扎反抗，沒有讓人得逞，爭執間卻不慎撞到他們威脅用的小刀上，慌亂的小混混們又被突然出現的陳讓以報警一嚇，鳥獸四散。

陳讓救了一個不認識的女生，被救的女生是單親家庭，父母離異多年，跟著父親生活。陳建戎一向以兒子為榮，不吝出力，為他撐腰。女孩父親同樣態度強硬，堅持追究。那些涉事的混混們有的流竄躲藏難尋蹤跡，而以李明光為首的主要分子，無一例外被逮到。一切因那個叫李明光的小混混而起，他犯案情節最重，在一番處理後，未滿十八歲的他被送到少管所服刑一年。

這件事沒多少人知道，為了不對受害者進行二次傷害，陳讓自事情發生當晚到後來，一直緘口不言，張非墨是陳讓的同班同學，陳讓只在他面前稍稍提過兩句。那時張非墨沒想到，陳讓自己也沒想到，這件事後來會變成破壞他家庭的噩夢。

為表感謝，女孩的父親幾次上門，陳讓母親亦數次去醫院探望那個女孩。一來一往，時間漸久。幾個月後的某天，陳讓跟他爸回去見爺爺，原本說好要在爺爺家住幾晚，卻臨時決定提前回去。陳建戎還不忘買了套新的化妝品，也帶了陳讓媽媽一直很喜歡，但禾城沒有只有大城市才能吃到的小吃。到家時很晚很晚，快要凌晨，路口的角落停了一輛車，沒人在意。

後來……陳讓大概永遠也忘不了那天。

沿著大門進去，衣服從大廳一路散落。他爸爸從進門開始手就是顫的，他跟在後面，聞到那股不尋常的氣息，看到客廳裡散落的衣服，渾身血液彷彿都凝固了。一樓客房裡，他救過的那個女孩的父親，跟他媽媽，兩具身體糾纏，赤裸花白，畫面噁心又衝擊。

如驚雷一般的嘶吼、爭吵、哭喊，驚起了夜裡幾盞燈。而他傻站在原地，看著父母撕打。

初二下學期的末尾，陳讓跟父親親眼目睹了母親出軌現場，對象是他救過的女孩的父親。

離婚手續辦得很快，他媽媽跟那個男人和那個女孩組成新的家庭，迅速搬離禾城。她走的那天，在門口含淚摸了摸他的頭。

他一動不動，沒有表情，問她：「那我呢？」

她尷尬地收起手，什麼都沒說。

從那個時候起，家裡變得異常安靜，一樓總是黑沉沉不開燈，地板陰涼，再也沒有暖過。他爸開始酗酒，爺爺為此氣得病了幾次。他媽走了沒多久，陳讓升入初三。進少管所的李明光因為表現良好被提前假釋，外出卻因意外摔斷了腿，澈底成了殘廢。他哥李明啟剛出獄不久，把這一切全怪到了陳讓頭上。

那一天晚上，黑漆漆的巷子，天暗沉得連半顆星星都沒有，和遇見那個女生的時候很像。陳讓蜷縮在牆角，被十幾個人打得吐出膽汁，李明啟用腳踩在他臉上，狠狠碾的每一下，鞋底的沙子都在他臉上擦出痕跡。他們點了菸，扯破他的衣領，把菸捻在他的胸膛上。一根菸接著一根菸，菸尾燒得腥紅，燒焦他的皮肉，星火和血混在一起，灰摻進薄薄的肉裡，那一點點腥味全被菸味掩蓋。

一聲接一聲：「操你媽！」

一聲又一聲：「你不是很屌嗎？雜種！」

謾罵中，十幾根菸，燙得他青筋爆滿脖間，額頭全是汗，手腳被鉗制無法動彈，只有腿徒勞地在地上踢蹬。胸口的疼痛一陣接一陣，剛消下去，又被新的灼熱燒疼。

李明啟燙夠了，把菸摔在地上，一腳踹上他的臉，後腦重重撞上牆，眼前一片混沌。

他們笑著，說不如尿在他身上，也有說塞點泥到他嘴裡，大概是看他奄奄一息沒了興致，後來他們說的這些。走的時候李明啟抓了把沙，狠狠撒在他臉上，罵他：「操你媽的！再給老子裝！」

夜色下一片死寂。張非墨從不知道哪個角落裡衝出來，扶他，問他有沒有事。他撐著牆站起來，甩開張非墨的手，一身狼狽，一個人晃著走回家。他知道張非墨從一開始就在後面，因為害怕而不敢出來，他不怪他。這沒有什麼不對，總好過他，救了一個陌生人，然後沒有了媽，也沒有了正常的爸爸。

那一天晚上天有多黑。

當臉被人壓進泥裡，像一條死狗一樣，被鞋底狠狠碾著的時候，陳讓澈底懂了。

是他多管閒事。

他活該。

活該。

齊歡垂頭對著棉被，一直沒抬臉。

張非墨說，陳讓父母離婚的事，是他在老師辦公室外聽老師們閒聊時聽到的。之後看見他被堵在巷子裡，因為不敢救他，一直耿耿於懷難受了很久。國三下學期張非墨跟著父母搬家，轉學之前，陳讓已經變得獨來獨往，以前只是不愛說話，那之後卻連正常表情都漸漸沒了。又因為座位分開，他沒有機會，也不好意思去找陳讓。那段時間聽說陳讓打架，有人說見過陳讓被流氓找麻煩，他渾身籠罩戾氣，打架打得很凶，也不再吃虧。

而早從挨打後的第二天，陳讓就沒再跟他說過話，也沒跟任何人說過話。

「我媽喜歡我考第一。」

「如果是我，我不會管。」

兩句不同語境下毫無關聯的話，一起湧進齊歡腦海裡，交纏著像針一樣扎著心。她根本什麼都不懂。只是因為他一句不管，就怪他冷漠，怪他不懂得同情，怪他毫無同理心。可他明明熱血過，曾經內心柔軟，為不平而勇敢作為過，然而他的善良卻沒有得到應得的回報。

父親酗酒，將事情怪在他頭上，對他進行家暴，還有時不時騷擾他的流氓，兩年多過去，時至今天，他還在為他的善良承擔不該承擔的一切。

齊歡在陳讓面前紅過眼，但很少真的哭出來，像這次一樣更是頭一次。喉頭滾燙，鼻尖都紅了。

她用手指勾住他的小指，一根一根將他的五指纏住，直至緊緊扣住他的手掌。

「陳讓……」她努力抑制抽噎，眼淚滴在泛藥味的白被上，「你疼不疼……」

齊歡哭得抽抽噎噎，彷彿受傷的是她。陳讓無言，安靜聽她哭了半天，從她的掌心抽出自己的手。

她怔了一下，眼淚沒斷，也沒有再握過來，沉浸在難以自拔的情緒裡。

「有什麼好哭的。」他似嘆非嘆，抬手將掌心覆在她眼前，齊歡一愣，捂著他的手背，壓著他的手把臉埋在白被上。

掌心溫熱濕潤，沒多久就濕了一片。

「……別哭了。」陳讓視線稍低，她趴在他的被子上，只能看到她一個後腦勺。

齊歡不動，嗚咽聲悶悶傳來。

他沒辦法：「妳這樣哭別人很容易誤會。」

「我就是想哭嘛……」她收不住聲。

「……」陳讓無奈，「我的手快抽筋了。」

聲音一停，齊歡抬起頭。

「不哭了？」他挑眉。

齊歡抹了把臉，顧不上別的，先去看他的手，「抽筋了嗎？」

「還好。」陳讓動了動。視線移到她臉上，眼睛紅得不成樣，眼皮都腫了，活像被人揍過。他道：「他們進來之前妳最好洗把臉。」

「我鎖門了。」她好像哭得不盡興，表情還挺委屈。

時間不早，陳讓提醒她：「妳該去上課了。」他要在這吊點滴，今晚的自習去不了，這幾天需要請假。齊歡眨著腫了的眼，沒說話。她低頭，又把臉埋在被子上，但這次沒繼續哭。

她伏在那，棉被下壓著他的腿。良久才悶聲開口：「陳讓。」

「嗯？」

「你很好，很優秀，非常非常棒。」

陳讓應得坦然：「我知道。」

她的聲線低了，因棉被阻隔顯得厚重：「你沒做錯什麼。」

他停頓半秒，「……嗯。」

齊歡揪著被單，一動不動像是要悶死在了他的棉被中。或許是因為羞窘，這一天的情緒不同於以前，同樣是對他的熱情，卻比以往任何時候都更加真實。

「你的事，不是閒事。」她的最後一句和前一句間隔許久。

病房裡安靜下來。

陳讓睇著那個深埋不動的後腦勺，眼尾弧度不覺放緩，「……嗯，我知道。」

陳讓受傷當晚，齊歡請假沒去上晚自習，離開醫院後直接回了家。嚴書龍和幾個受輕傷的也沒去，到診所處理完傷口，各自回家。齊歡一一打電話，確定他們都沒事才放心。第二天，下午放學鈴打響，一堆人像往常一樣等在她班級門口，嚴書龍最顯眼，手上纏了厚厚一圈白紗布。

莊慕和張友玉圍著看，嘖嘖有聲。

「很英勇嘛。」

「厲害啊，還見義勇為……」

「那當然，我誰啊，妳們都不知道當時那情況有多危險。」嚴書龍一臉得意，迎來幾道噓聲。

過了一夜，齊歡來學校時眼睛還沒全然消腫，但心情不錯，他們也沒了顧忌，一個、兩個開玩笑調侃起來。

說笑間，卻見齊歡在收拾東西。

「妳去哪？」他們湊上來問，平時吃飯都沒見她揹書包。

「我去跟老師請假，晚上自習晚點來。你們去吃吧，我今天不跟你們一起。」齊歡把包往肩上一甩，撥開他們，「別擋路。」

她走得快，轉眼就沒影了，幾個人面面相覷。

「歡姐急著去幹嘛？」

「還能去哪，八成是去醫院泡著。」

嚴書龍一笑，一語道破：「哪是泡什麼醫院吶，分明是泡陳讓。」

齊歡跟老師請完假，沒有直奔醫院，而是先回家。一進門，書包甩在客廳，踩著拖鞋就往廚房衝。

「哎呦，妳要幹嘛？」鄒嬸趕忙進去，「餓了嗎？要吃什麼跟我說，我做給妳吃就好了嘛……」

「不用了鄒嬸，我自己來。」齊歡搭著她的肩膀，推著出去讓她去其他地方忙。

鄒嬸站在餐廳，眼巴巴看著齊歡在廚房裡轉。齊歡從來都沒做過家務，十指不沾陽春水，一時間手忙腳亂全是叮噹響聲。

「小心點！哎喲我的媽，那個不行……當心！當心啊——」鄒嬸急得站不住，「妳要做什麼，跟我說……」

「煮粥。」齊歡忙碌著，頭都不抬。

鄒嬸想幫忙，但她不要，一個人陀螺般在廚房裡不停打轉。從冰箱找出豬肉解凍，她切得費力，乾脆把切好的肉絲堆成一堆，在砧板上猛剁。

鄒嬸看得膽戰心驚：「小心點，別切到手了！」

話音剛落，就聽齊歡「啊」地一聲，差點把刀扔了，一看，手指被劃出一條口子。鄒嬸一驚，比自己被切了還焦心，趕緊去找家用醫藥箱。等她拿著藥和OK繃回來，齊歡已經伸著手指在涼水下沖了好久。見傷口不出血了，她連OK繃都懶得貼，再度把鄒嬸推出去，繼續切肉。怕口味單調，她特地翻冰箱找出兩個皮蛋，舉著問鄒嬸，「皮蛋瘦肉粥？」

見鄒嬸點頭，她安心敲開在砧板上切成小塊。

「妳要去探病啊？」鄒嬸問。

齊歡說是。

雖然一路跌跌撞撞，但還是很快就煮好了。齊歡用探望病人專用的保溫盒盛粥，裝了滿滿三盒，看得鄒嬸心裡滿是驚嚇。

這生病的，怕是頭牛吧。

陳讓已經轉入一般病房，單獨一間。推門前齊歡踮腳看了眼，左俊昊和季冰都不在，他手裡拿著本書，安靜地看。

齊歡進去，跑到病床邊：「我幫你帶了晚飯！」

他闔上書，「妳傳訊息給我讓我別吃晚飯，就是在忙這個？」

她說是。扯了張椅子坐下，齊歡打開飯盒，連同勺子一起遞了一層給他，「人家說生病要喝粥，你嚐嚐看。」

陳讓接在手裡，有點猶豫。

「我嚐過了，味道沒問題，真的。」她保證，催促道，「你吃啊。」

半晌，他緩慢舀了勺。

「好吃吧？」她殷切地等待他評價。

「嗯。」他慢條斯理，一小勺一小勺吃著，吃了幾口，他想到什麼，停下，「妳呢？」

「啊。」齊歡怔了怔。

「妳吃了什麼？」

「我……」她笑笑，「忘了。等一下再去吃。」

陳讓默然，把飯盒蓋上，掀開棉被下床。

「你幹嘛？」

他不語，拎起飯盒，抓著她的手腕出去。齊歡不明所以，一路被他拉到一樓，轉過幾條長廊，抬頭一看，寫著食堂兩字。陳讓牽著她到打菜窗口，要了幾個辣的菜。食堂阿姨給了分量很足的米飯，陳讓單手接過鐵盤，遞給她，「自己拿，我這隻手沒力氣。」

齊歡愣愣照做。

在角落找了個位置面對面坐下，他繼續喝粥，齊歡對著這盤晚餐有點怔，半晌才動筷，小口小口進食。

食堂的菜味道中規中矩，她邊吃邊盯著他喝粥，忍不住問：「好吃吧！」

他不抬頭，拆臺：「難吃。」

「……那你還吃那麼多。」她不服。

「我不挑食。」

「哦喲。」她跟他槓上了，「那你還真的是很好養嘛。」

「專心吃。」他瞥她的餐盤，不想跟她計較這個話題。

飯畢，兩人回樓上病房。齊歡不滿：「你都沒吃完。」裝滿的幾層飯盒，他只吃完了一層。

陳讓淡淡道：「妳可能對我的飯量有誤解。」

她理直氣壯：「男生的食量不是都很大嗎？」

「……妳可能對男生也有誤解。」那飯盒滿得可以撐死一頭牛。

齊歡不跟他爭。稍坐一會兒，窗外天黑，她收好飯盒準備去上後兩節晚自習。到電梯口，碰上左俊昊。

「喲，帶飯啦？」

她大大方方：「是啊。」晃了晃手裡的飯盒，「我做的喲。」

「厲害！」左俊昊很給面子地捧場，還挺有閒心地起了好奇心，「做了什麼好吃的？什麼菜？」

「皮蛋瘦肉粥。」齊歡挑眉，「厲害吧。」

左俊昊默了默，「他都吃了？」

「是啊。」

「……」

齊歡沒在意他的表情，揮手走人，「我去學校了，回頭見。」

左俊昊站在那，回頭看了半天，直至齊歡的身影消失在電梯裡。

半個小時後，季冰來了，左俊昊跟他一起陪陳讓聊了會兒。病房裡不能抽菸，他們出去，晃到貼著可吸菸標誌的轉角。遞了支菸給季冰，左俊昊點著火，忽然來了句：「陳讓沒救了。」

「啊？」季冰臉色猛地一變，「醫生……」

左俊昊踢他，「醫你個頭。我說的不是這個。」

季冰放下心來，反踹回去：「嚇我一跳。那你說的是啥？」

「陳讓晚上沒去吃飯。」

「然後？」

「齊歡帶了晚飯給他吃，親手做的。」

季冰挑眉：「嗯哼？」

「皮蛋瘦肉粥。」

五個字，季冰沉默了。

陳讓從來不吃皮蛋，他不喜歡那個味道。以前他們不知道，知道以後也沒太放在心上。後來有一次一起吃飯，季冰跟左俊昊兩個人找死，趁陳讓不注意偷偷在他的粥裡放了涼拌皮蛋，就那麼一塊——當天晚上打夜球，陳讓進的球三分之二都進在了他們的腦袋上，之後整整一個月，他們在遊戲裡被陳讓單獨虐殺了無數次。有段時間，簡直是點開遊戲就想吐。

「服吧？」左俊昊抖菸灰，故作深沉。

「……服。」季冰一臉戚戚。

沒救了。

陳讓這一次，栽得夠深。

陳讓在醫院住了三天，他爸一次都沒來。左俊昊和季冰只知道他們父子關係不好，並不清楚具體的情況，暗地裡吐槽：「這爸爸真狠心。」

作為知情者的齊歡對此很平靜，那天哭完後，再沒當著陳讓的面說以前的事，關於他的家庭和父母親，更是一個字都不曾提過。從陳讓住院第一天開始，三天裡，齊歡一次都沒缺席，每天中午和晚上親自送飯，全是自己下廚做的。鄒嬸攔不住，只好提前幫她預備食材，免得她放學回家後急急忙忙出了什麼差錯。

陳讓出院前一天晚上，齊歡煮了湯、兩個簡單的小菜，外加一份皮蛋瘦肉粥。

她提前傳了訊息喊陳讓別吃晚飯，到的時候有點晚，天黑透了，別的人家早就吃完飯，連碗盤上的水都可能已經瀝乾了。想到陳讓還苦哈哈的在病房裡挨餓，她一路著急小跑，樓梯都是兩階兩階的跨著上。

到門前要推門，下意識停住，先透過玻璃瞧了眼。陳讓閉眼靠著床頭，書翻蓋在手邊。齊歡忙慌的動作驀地放柔，輕手輕腳推門進去，把飯盒輕輕放在床邊桌上。

「就這樣睡著了，真是……」她幫他把棉被往上扯了扯，放在外面的手也替他塞進被子裡，站著打量他的睡顏。

低眸半天，得出一個結論。

「……真不公平，睡著了也這麼好看。」她小聲嘀咕，食指指尖輕輕在他臉頰戳了一下。

齊歡拿起床邊桌上護士用來紀錄的筆，在已經沒用的藥單背後寫：別忘了吃飯，湯和粥都要吃完。她把紙條壓在飯盒下，側身視線落回陳讓身上。他睡著的面容安詳，平日的冷淡和躁氣褪去，如畫般的眉目淺淺淡淡，卻依舊好看得讓人沉醉。

齊歡動了動腳尖，垂下眼。

室內無聲，安靜間，她傾身俯就，嘴唇貼上他的嘴唇，閉眼間睫毛顫顫刷過他的皮膚。蜻蜓點水停留幾秒，溫熱感受過溫熱。

「好夢，陳讓。」

像來時一樣，她腳步輕輕，小聲出去。

病房門關上，聲響漸遠，混入走廊上其它動靜之中。只開一盞小燈的房間，被夜色掩映了大半。陳讓緩緩睜開眼，沉穩眸中黑白分明，不見一絲惺忪。飯盒靜靜立在桌上，壓著的紙條，黑色墨跡新鮮。半晌，他略微動唇。

沾染上的唇膏香，是沁甜的草莓味。

白色燈光下，陳讓坐直身體，端起飯盒進食。皮蛋瘦肉粥份量比第一次少，但濃度增加了，齊歡至少放了三個皮蛋。想到她跟他說「我第一次煮粥煮得這麼好，真有天賦」時，那臉上寫滿驕傲，他忍不住牽起嘴角，扯出了一個苦笑。

這東西，他從來沒有覺得好吃過。暗嘆一聲，還是一口又一口，轉眼吃下去大半。好不容易吃完，他端起湯喝了口，瞥著空空如也的飯盒，如釋重負。

還好，也不算太難吃。

只瞧了一眼門上的玻璃，左俊昊就猛地剎車往後退了兩步，跟在後面的李冰差點撞上他的背，踩到他的腳跟踉蹌。

「你幹嘛？」

「等一下再進去。」

「哈？」

「陳讓在吃皮蛋。」左俊昊一臉見鬼的模樣，「等他吃完我們再進去。」

李冰：「……」

兩個來陪床的人，默然無言在走廊長凳上坐下，像兩隻傻了的鵪鶉。

傷口沒什麼問題，該打的針都打了，陳讓如期出院。一中的人來接他，齊歡當然不會缺席。只是和張友玉他們約好一同去學校，吃過晚飯她就在餐廳門口跟陳讓他們分開。時間充裕，左俊昊幾個往飲料店一坐，打牌消磨時間。陳讓照舊在旁玩手機。牌打了幾局，低頭的陳讓不知看到什麼，眉擰了擰，站起身就走。

「你去哪啊？」左俊昊微愣。

「有事。」他不多解釋，拎起外套就出去。

左俊昊和季冰當即把牌一扔：「你們打，我們出去一下。」

他們以為出什麼事了，追上陳讓一問，才知道他只是出來買東西。

「……」

「……」

陳讓沒有要回飲料店的意思，出都出來了，左俊昊和季冰便跟在他身後，當做飯後消食。

「你買什麼呀？」左俊昊在後頭問。

陳讓不理，兀自走著。

左俊昊嘴停不下來，一句接一句。

「要買什麼你跟我說啊，說不定我知道。」

「你到處轉做什麼呢……」

煩得季冰都有點受不了了，忽見陳讓拐進一家店。他倆驀地停下，左俊昊仰頭看：「藥店？」

跟進去，陳讓在櫃檯和藥師說話。左俊昊剛想問他「你傷口不舒服嗎？」，一瞥，發現陳讓手裡拿的是OK繃。

「還有別的嗎？」陳讓問。

藥師把幾個牌子全都擺在玻璃櫃上。陳讓一盒都沒拿，出了藥房，繼續往前。左俊昊和季冰就那麼跟著他，一路逛，進了四、五家藥房。

「他買OK繃幹嘛？」季冰不解，「哪樣都不要，到底要什麼樣的？」

左俊昊悶頭滑手機沒答，過了會兒，重重拍他，「我就知道。」

季冰揉著胳膊：「你知道什麼？」

左俊昊把手機遞給他。

許久沒看的論壇，齊歡在個版裡更新內容：『我的天，手指頭被刀切到的地方泡水變白了，這一刀三、四天了還沒好……下次換把刀。』

晚自習前，齊歡照舊去福利社。一進去就看到陳讓站在櫃檯邊喝水，她眼一亮，噠噠地跑過去，「等等上課，你這樣吃得消嗎？」

他道：「有什麼吃不消。」

「你寫字手疼怎麼辦？」她低頭看他胳膊，被厚外套裹著，什麼都看不到。

「我傷的是左手。」陳讓瞥她。

她聳肩，「右手帶到左手嘛，萬一呢。」輕拍他，「還是不要太累。」

陳讓沒接話，蓋好瓶蓋，從口袋裡拿出一個東西給她。

「什麼東西……OK繃？」齊歡驚訝，「你怎麼知道我的手弄傷了？」

他抿唇，「手傷了也不處理，等著細菌感染？」

齊歡低頭拆盒子，扯出來一看，是卡通圖案的OK繃，「這個這個，我超喜歡！」

她貼著OK繃，一時間也沒在意他怎麼會知道她的手傷了。大概是他的觀察力比較好，看東西仔細，所以留意到了。

「你怎麼知道我喜歡這個圖案？」她撕下一片拿在手裡，生出新問題。

陳讓說：「隨便買的。」

左俊昊和季冰站在一邊喝熱飲，聽見這話，耳朵難受。就裝吧，找了多少家店才找到這個卡通圖案的OK繃？左俊昊都懶得吐槽了，陳讓八成早就知道齊歡喜歡什麼圖案，不然費什麼力氣一家家找。死要面子真是夠了。

莫名地，左俊昊心裡有點不爽，頓時惡從心中起，把熱飲塞到季冰手裡，走到他們面前，突然插話：「沒錯沒錯，陳讓他就是隨便買的。要不是我提醒他妳手弄傷了，買個OK繃表示表示，他根本都不知道這回事。」

陳讓和齊歡都頓住。

左俊昊說得有模有樣，「他這個人脾氣又不好，妳也不是不知道，我拉他去藥店買OK繃他還罵我！我就死拽——」回頭指了下季冰，「我跟季冰兩個人死拽他，生拖活拉，哭著喊著求他，才把他拉進藥店買了這一盒。」

齊歡聽得一愣一愣。

左俊昊拍她肩膀，「陳讓就是隨便買的，主要還是我和季冰的功勞。妳不用太感激我們。」

「……啊？」齊歡怔然。

季冰都傻眼了，聽左俊昊胡扯那一堆，嘴差點闔不上。抬眼去看陳讓，果不其然，那臉陰沉的無法看。

「左……左俊……」季冰嗓子眼有點堵。

左俊昊對他點頭：「是吧，季冰。」

「……」是你個大頭鬼。季冰有一種想要先走的衝動。

左俊昊功成身退，扔給陳讓一個「讓你嘴硬」的眼神，施施然回到季冰旁邊——兩個人怎麼嘀咕，怎麼互相攻擊就是另外一回事了。

齊歡看看那邊的左俊昊，再看看臉色古怪的季冰，最後看陳讓，她不傻，當然察覺出了不對。她沒給左俊昊看過她的手，這幾天碰面都是迎頭打個招呼，最多說上兩句話，左俊昊怎麼可能知道她手傷了。

側眸看陳讓，頓了下，盯著盯著，齊歡突然一笑，眼裡生出了然的玩味：「你特地買給我的啊？」

「……」陳讓手插進口袋裡，提步，「我進去上課了。」

她追上去，「你害羞什麼呀。」

「我沒有。」他皺眉，「不知道妳在說什麼。」

「走這麼快還說沒害羞。」

陳讓停下，瞥她。

齊歡早就不像之前那麼怕他，笑嘻嘻說：「你就承認一下是特地買給我的會怎麼樣。」

陳讓板著臉，伸出手：「還我。」

「想得美，我才不還。」齊歡得意，「我恨不得現在就拆一個貼在頭上，用筆畫個箭頭在臉上寫『陳讓送的』！」

「……妳幼不幼稚。」

「你才幼稚。」她說，「給出去的東西還想要回來？不可能。」

齊歡晃晃手裡的東西：「給了我的ＯＫ繃就是我的。」

她和他對視幾秒，緩緩彎眼笑，歪頭輕輕撞他沒受傷的那只胳膊，「——還有你喲。」

給了她的東西，就是她的。

ＯＫ繃是，他也是。

高二第一學期最後一次月考完畢，課程結束，一月下旬，為期二十四天的寒假開始。在校最後一天，張友玉等人按捺不住，已經開始計畫著要怎麼玩。和她相比，齊歡一點都不激動：「以前怎麼樣今年也怎麼樣。」

張友玉嘀咕一句破壞氣氛，在她面前坐下，眼尾往窗外一掃，視線越過操場，瞥向另一邊遠處兩牆之隔的教學大樓：「放假了，妳打算跟陳讓去哪玩啊？」

「他要去其他城。」齊歡早就問過了，陳讓得去見他爺爺，尤其春節前後那幾天，不可能留在禾城。

「那妳會不會覺得很沮喪？」張友玉試圖在她臉上找到沮喪的表情。

齊歡比她以為的要想得開：「有什麼好沮喪的，過完年就回來了。」

見她如此淡定，張友玉腦筋轉了幾轉，嘿嘿笑起來：「果然是今時不同往日，關係不一般了，說話都更有底氣。」

齊歡瞥她，沒接話。

「你們打算什麼時候在一起啊？」張友玉湊近她，八卦兮兮，「還是說已經……」

齊歡抬指戳她額頭，推開她，有條不紊收拾書本，「一天到晚不知道想什麼，能不能有點上進心。」

「哎呀，分享一下又不會怎麼樣。」張友玉鍥而不捨，「妳跟陳讓怎麼樣了？」

「就那樣。」

張友玉驚詫，「還沒挑明啊？」

齊歡淡淡「嗯」了聲。

「妳不累啊……」

「寒假陳讓過生日。」齊歡說。

張友玉來精神了，「那妳是打算他生日的時候跟他說清楚？」

「過生日就專心過生日，說這些幹嘛。」

「……」

齊歡瞥張友玉，臉上的神情比她的還要鬱悶，忍不住勾唇：「等他過完生日。過完生日就說。」

春節假期，在陳讓去爺爺那過年之前，左俊昊一群人張羅著幫陳讓慶祝生日。提前幾天左俊昊就在私下嚷嚷，各自準備禮物，力求給陳讓一個大驚喜把他感動到哭——當然，大家都知道這是不可能的。去年也辦過，他們費盡力氣熱鬧，陳讓反應平平，除了說謝謝時比以往多那麼一絲絲表情，還是一張漠然的臉。

季冰過生日時是去KTV慶祝，陳讓不喜歡這些，左俊昊便只定了時間，大伙們聚在一起吃飯。放假的大好日子，敏學那群人忙著放鬆，左俊昊只叫上了齊歡。

下午四點多人到齊，直奔餐廳。包廂裡，一堆人吵吵鬧鬧，比上課時更放得開。陳讓坐在角落，齊歡湊到他身邊，把禮物遞給他。她準備的禮物是一條領帶，當場就叫他打開看看。

「這個？」

齊歡說：「這個圖案不錯吧？我選了很久。」

陳讓擰了一下眉頭：「用不上。」哪有要穿西裝的場合？

「現在用不上以後就用得上啦，畢業那天不是可以穿西裝、打領帶？」

「……誰高中畢業穿西裝。」

「電視裡都這麼演。」

「……」陳讓無言。

齊歡笑說：「而且我在你們學校網站上看到你去年代表一中參加全城比賽的照片，穿的就是西裝啊，我一看就發現缺了一條領帶！就算畢業不能戴，以後也能戴，對不對？」

她話太多，繼續往下說，這個話題怕是能說到明天。陳讓不再糾結，默然收好。齊歡笑嘻嘻的，就見陳讓放好紙袋，側頭瞥過來。

她一頓，「看什麼？」

「禮物是這個？」

她微愣，「對啊。」

他眉心輕蹙，「就這個？」

齊歡噎了噎，「……你這個人很難伺候耶！」

說話間服務聲敲門進來，通知上菜，一屋子人陸續落座。

飯畢，左俊昊張羅著要放煙火。今年市區內禁止燃放鞭炮，大型煙火也不行，左俊昊托他叔叔從其他地方帶了兩個，有樹墩那麼大，一個好幾十響。在市區內是沒辦法放了，一群人分三輛車，由幾個已滿十八歲拿了駕照的男生開車，轉戰郊區。

「快快快，看看……」

「真的挺重！」

到地方，大家興沖沖去開左俊昊車的後行李箱，把兩個大傢伙搬出來。

陳讓和齊歡沒上前湊熱鬧，在後面站著看。他們在前面空地上圍著點火，等了半天卻沒有動靜。

「怎麼回事？啞的？」

「不可能！」左俊昊不信，「我買來時還好好的。」

季冰過去，俯身研究一番，而後一個白眼扔給左俊昊：「濕的。是不是淋雨了？全浸壞了，放個屁。」

「可能是前天下雨放在車庫外忘記遮了……」

「就你這智商！」

「你以為我想啊……」

看他們吵吵嚷嚷，齊歡忍不住笑，用手肘碰碰陳讓，「他們真有趣。」

陳讓手插在口袋裡，輕應：「嗯。」

這一夜，鉤月高懸，皎皎晚空下，夜風輕柔。

煙火沒放成，大家掃興地沿路返回。時間還早，左俊昊躁動的心不肯安分，又提議去飲料店坐坐。

寒假人多，常去的幾家店都客滿了，他們繞著市中心轉了幾圈，才在稍遠些的第七小學附近找到了一家門可羅雀的小店。老闆和服務生在櫃檯裡玩手機，店裡一個客人都沒有。他們乾脆在一樓大廳角落坐下，懶得上樓找位子。

點了一桌東西，說是幫陳讓過生日，左俊昊和季冰卻自己玩嗨了，牌局裡針鋒相對，誰都不讓誰。每一局贏的人可以在輸的人臉上塗畫，他倆不相上下，勝負各半。又一局，左俊昊和季冰頂著兩張花臉，劍拔弩張。

激烈廝殺到最後，左俊昊猛地跳起來，把牌砸在桌上：「出完了！」然後狂笑，「我贏了哈哈哈哈哈哈——」

收聲後，左俊昊很不客氣地跟老闆要了一枝加粗的馬克筆，在眾人的起鬨下，像個強搶民女的惡霸，按著季冰就要在他臉上施展創作天賦。

陳讓被他們吵得耳朵疼，起身去店外吹風。車停在店門前，馬路上異常安靜，沒有什麼車輛來往，地面凍得乾硬。齊歡也跟著出來，和他並排靠在車頭前。

她道：「今天晚上有星星。」

「嗯。」

「吃蛋糕的時候你許願了嗎？」

他說沒。

答案在意料之中，齊歡嘆了聲，又說起別的。陳讓應著，從菸盒拿出菸，剛咬住，瞥見她雙手縮在袖子裡，捂在口鼻前。

「幹嘛？」

「嗆。」她瞥了眼他的菸。

陳讓還沒說話，她道：「但是我想跟你聊天。」

所以擋住菸味，這樣是最好的方法。

齊歡很快略過這個話題，轉頭，突地伸手指天，「有人放天燈！」

「……嗯。」陳讓仍舊隨意應著，按下手裡的打火機，火苗跳躍一秒，鬆開手。他取下銜著的菸，和打火機一起放回口袋。

吹了會兒冷風，齊歡扯他袖子，「我們也來玩。」

陳讓興致缺缺：「玩什麼？」

「想打牌……但是好麻煩。」齊歡朝裡看了一眼，「雙手猜拳？」

陳讓沒意見。猜了一局，陳讓輸了。齊歡跑進店裡管老闆要了一枝馬克筆，對他挑眉，「輸了要認罰。」

他沒說話，默然兩秒，點頭。

齊歡抬手，筆尖還沒到他臉上，一頓，嘖聲，「你蹲下來一點，我碰不到。」

陳讓沒蹲，懶散地手插口袋，就著倚坐車頭的姿勢，微微彎腰。

齊歡拿著筆，盯著他看，半天沒動手。收到他略疑惑的目光，她比劃著說：「你閉上眼，我繞一大圈從下巴畫到眼睛上。」

「……」欠揍的話被她說的理直氣壯。

陳讓緩緩閉上眼。空氣裡似乎有早晨落的白霜的味道，腳底動一動，地上的砂礫咯咯作響。

齊歡看著他，馬克筆夾在指間，卻並不想落在他臉上。良久，她湊近，輕輕在他眼皮上親了一下。

溫熱柔軟的觸感令陳讓睜眼。

她站在面前，裹在厚外套裡，臉頰被風吹得略白。

「沒看到煙火真可惜。」她笑著對他說。

生日鬧完，推開大門的剎那顯得格外安靜。陳讓習以為常地換上鞋，關好門，慢步上樓。從下午開始被左俊昊一群人拉著慶生，鬧到這個時候實在有些累，陳讓推了推眉心，從衣櫃拿出疊成方形的睡衣進浴室洗漱。洗完澡照舊靠在床頭看書，不知不覺一個小時過去，十二點將到，陳讓闔上書正要休息，窗外忽然傳來聲響。

以為是風聲，但又不像。那聲音慢慢變得清晰，不是幻覺，窗外有人在叫他。細嫩聲音壓著調，怕吵到人，又很著急。陳讓聽出那道聲音，起身的同時順手拿起放在一旁的手機，一看，勿擾模式下有好多通未接電話。

都是齊歡。

他打開窗，齊歡站在他家樓下，就在院牆外，見他露面，對他招手。陳讓低下頭，還沒點進手機聯絡人，外面突然亮起光。一道小火花燃著，在冬夜裡冒著煙氣，銀光璀璨，於一片漆黑中，耀眼無比。

他一怔。

齊歡站在樓下，高高舉起手。那支仙女棒在她手裡燃燒。

手機螢幕驀地亮了。

她傳來訊息──『十八歲的陳讓，生日快樂。』

煙火很快燒完，院外重新黑下去，齊歡的身影融入夜色。腳步聲漸遠，不遠處有別的女聲迎上她，大概是被她叫出來陪她的朋友。全城禁止燃放煙火爆竹，今年的鞭炮店關了不少。這一支仙女棒，陳讓不知道她找了多久。

他很多年沒有放過煙火了，小時候跟家人一起熱鬧，應該很快樂，但他已經忘了那種感覺，也形容不出來。只是這一晚，就在剛剛那一刻，他突然覺得，銀光璀璨的煙火真的很美。

熱烈燃燒，一照亮，彷彿也能照亮他整個人生。

陳讓在窗邊站了很久。書桌上的鬧鐘滴答一響，指針走過十二點，他回過神，握在手裡的手機驀地再度亮起，跳出一則齊歡的新訊息。

她說：『下次考試如果我考贏你，跟我在一起好不好？』

※　※　※

春節期間，除夕前後每個人都在家安分過節，只是忍耐了沒多久，又按捺不住紛紛出來玩。齊歡倒是大部分時間都待在家，陳讓去了爺爺那，大大減少她出門的興趣，只和敏學的那群人約了兩次飯局，其餘時間便一直待在家。

一年到頭幾乎全都在外奔忙的齊參難得有時間休息，卻還是要接待絡繹不絕上門拜年的客人。齊參小時候家裡條件一般，當初趕上了好時候，憑藉著拚勁和運氣，這麼多年一路走到今天。

齊歡的爺爺、奶奶早就過世了，家裡人口簡單，沒有親戚，每年春節，上門的多是齊參的生意夥伴或是朋友。齊歡一從房間出去，客廳裡便總是坐著見過或沒見過的叔叔、阿姨，每每都笑得她臉僵，今年乾脆躲在房裡不露面。

然而有些東西躲也躲不了。大年初一，第一個登門的客人恰好是齊歡最反感的。石從儒帶著石珊珊上門拜年，齊參和方秋蘅在廳裡接待他們，還一定要她也在場。

石珊珊穿一身粉色的新衣，頭髮綁成馬尾，瀏海斜斜橫在額前，一如既往的乖巧。齊歡踏進客廳時，就見方秋蘅在和石珊珊說著什麼，邊說笑邊幫她捋了捋頭髮。

齊歡停住腳，下一秒，齊參看見她，招手：「歡歡，來。」

齊參和方秋蘅中間空出了一個位置，齊歡當做沒看到，直接從他們腿邊走過，在齊參旁邊坐下，讓他成了居中的。

和往年一樣，齊歡對石家兩位態度平平。石珊珊抿著唇對她笑，「新年快樂，歡歡。」

她眼也不眨，「嗯。」

方秋蘅霎時又沉下臉，想說什麼，齊參笑呵呵搭著齊歡的手，問她前一晚睡得如何，父女倆的動作自然又親昵，讓方秋蘅到嘴邊的話又咽了回去。

石從儒一派從容，似是對齊歡的「驕縱」早就習慣，如常問了兩句學業。齊歡不鹹不淡地答過，之後便一直安靜聽三個大人聊天。

石從儒的老婆，即石珊珊的媽媽，身體一直不太好，今年更是嚴重到需要長期住院。

「雪靈身體怎麼樣了？」齊參問。

「老樣子。」石從儒眉頭擰了擰，「吃藥稍微能控制一些，只是還是不太好，原本我們一家三口要一起來，她沒辦法出門。」

齊參關切了幾句，和他聊起吃藥方面的事情。齊歡聽著聽著，靠在沙發上，姿態慵懶，與她相反，石珊珊的坐姿始終端正，手搭在腿上，背挺得筆直，儀態很淑女。

大人從南聊到北，聽得齊歡犯睏。目光暗暗落到石從儒臉上，停了三秒移開，嘴角若有似無輕撇，在心裡問：是所有律師都這樣，還是只有石從儒這樣？

一本正經，令人莫名反感。

齊歡縮在書桌前的椅子上玩手機。房門被敲了兩聲，她沒抬頭，懶散回應：「誰啊？」

外面沒答，門把被擰動，齊參推門進來，「生氣了？」

「生什麼氣。」齊歡悶頭玩手機。

齊參在她床尾坐下，「他們走了，妳石叔叔給的壓歲錢妳媽媽幫妳收了。」

齊歡想也沒想：「我不要。」

齊參看她板著臉，忍不住笑：「多大的人了。爸爸給個壓歲錢，意思一下，這也要生氣？」

齊歡收了手機，抬頭：「我什麼時候說我是因為你給石珊珊壓歲錢生氣的？幾千塊錢而已，我還沒小氣到那個份上。」

吃年夜飯的時候齊參就包了今年的壓歲錢給齊歡。六千六百六十六，都是嶄新錢幣。方秋蘅對此頗有微詞，認為他給得太多，齊參卻說：「下半年歡歡馬上就要高三了，六六大順，起個好彩頭嘛。」

而對於石珊珊，齊參並未高看她，他給所有登門拜年的朋友家小孩都是一樣千百塊的紅包，中規中矩，一視同仁。

聽齊歡這麼說，齊參一臉笑意追問：「那妳窩在房間幹什麼？」

「出去幹什麼？」

齊參知道她牙尖嘴利，無奈，「過來。」

「不。」

「頭髮亂成什麼樣了，拿梳子，爸爸幫妳梳頭。」

「不要，你梳的難看死了。」

「什麼話，妳爸手藝比以前好多了，不信妳來試試。」

齊歡不樂意，跟他鬧彆扭。齊參也不惱，沒半點脾氣。喊了幾聲，她最後還是從鏡子前抓起梳子，盤腿坐到他腿前。

齊參幫她梳頭，動作輕柔，梳齒一下下劃過她的髮絲，「以前我們讀書的時候，妳媽媽坐在我和妳石叔叔前面，她那時候一頭頭髮可漂亮了。我上課就總是在想，『哦喲，這個頭髮梳起來可有意思了』。」

他噙著笑，邊梳邊回憶過往。齊歡卻不給面子打斷：「你以前說過一遍了。」

「說過了嗎？」齊參不尷尬，還是繼續，「那時後，妳媽媽老是回頭問作業，我成績不如妳石叔叔，妳媽媽大多時候都問他。我就一直想，我也要好好讀書，這樣妳媽說不定就會來問我。然後我就拚命讀啊讀，結果還是讀不好。」

以前的事，齊歡聽他說過很多次。後來國中讀完，方秋蘅和石從儒繼續念高中，齊參離開學校出去打工，早早開始討生活。

齊歡悶悶聽了一會兒，開口：「後來她還是嫁給了你。」

前桌的漂亮女同學，和吃完苦中苦成為人上人的舊日不起眼同班同學，走到了一起。

齊參笑：「是啊，嫁給我了。現在我還有歡歡這麼乖的小公主——」髮圈繞了最後一圈，他鬆手，「小公主轉過來看看。」

齊歡板著臉轉頭。

「嗯……沒綁好。」齊參把髮圈取下來，重新梳。

齊歡背靠著他的腿，任他弄她的頭髮。

他邊梳邊說：「我不會讀書沒關係，我們歡歡這麼聰明，走出去誰都羨慕我，是不是？」

齊歡問：「那我要是不會讀書你不就不喜歡我了？」

「什麼話啊。」齊參笑得更開心了，「爸爸就希望妳開開心心，什麼都不要煩。會讀書當然好，要是不會讀，那也沒什麼，大不了爸爸養妳一輩子。」

「石珊珊成績也不差，還聽話。」

「那是妳石叔叔該關心的事。」他說，「別人家的小孩怎麼樣我不管，我們歡歡只有一個。」

齊歡又說：「要是別人都覺得我不好呢？」

「妳在學校遇上麻煩了？」齊參手一停，第一個反應是她受到欺負。齊歡連聲說沒有沒有，他才緩和臉色，繼續撈她的頭髮，「那肯定是別人的問題，是他們不懂。」

把她的頭髮綁起，他翻轉髮圈，說：「誰敢亂講妳不好，爸爸打爛他的嘴巴。」

齊歡被他不管不顧一心護短的語氣逗笑：「誰敢說我？我爸爸這麼凶──」

大年初五剛過，齊參又出遠門了。齊家霎時變得空落，鄒嬸回來幫忙，依然驅不散那股冷清。

齊歡的寒假作業早就做完，陳讓也從爺爺家回來了，她興致勃勃，一連串傳了十多則訊息，當天下午就約他碰面。見面地點定在一中和敏學附近，齊歡讓司機送到路口，剩下兩條街自己跑著過去。很多小商店都還沒開門，沒了往年的紅鞭炮殼，乾淨的地上顯得有些蕭瑟。

大老遠就瞧見陳讓的身影，齊歡眼一亮，扯了扯包帶。她今天出門帶的東西不多，但裝了挺多現金，打算給她爸買點東西，等他下次回家給他。齊歡加快腳步朝陳讓跑去，還差老遠，忽見一堆混混從陳讓的另一邊走來，注意到他後，朝他走了過去。

那堆人站到陳讓面前，不知在說什麼，慢慢把他圍住。齊歡慌忙衝過去。

「陳讓！」她衝進去，抓住他的胳膊，就這麼突然出現在一堆人面前。

「……喲，跟美女約會呢？」李明啟笑得吊兒郎當，大冬天裡，他的頭髮反而剔得更短，都快能直接見到頭皮。

齊歡看向這個平頭，才抬眸，手腕被陳讓反手握住。她扭頭看陳讓，他的眼神沉沉，表情並不輕鬆。手腕上力有點緊，他這不同於往常的嚴肅模樣，不需多費思量，齊歡立刻意識到面前的混混不是什麼過路人心血來潮找碴。

一個春節沒見，剛碰面就碰上這樣的情況。

陳讓還沒說話，齊歡也握住他的手腕，不退反進，往他身前一站。她撇嘴，表情帶著過度浮誇的傲慢——那是一種僅限於熟人才能看出來的浮誇——其中蔑視之情毫不加遮掩，就差把高傲兩個字寫在臉上。

「找碴的還是打架的？說吧，你們這些人怎麼樣才肯走？」

「怎麼樣？」李明啟扯唇角，「我……」

「要錢是不是？」齊歡不耐煩打斷，翻了個白眼。

沒給他們說話的機會，她從包裡拿出錢包，把那些錢全拿出來，再加上背包拉鍊裡的，全丟在他們面前。

李明啟一群人頓住。

「你們跟陳讓有矛盾？」她沒想聽他們回答，直接說，「我不管你們有什麼過節，今天他——」她大拇指往後一指，話裡話外全是不可一世的驕縱，「要陪本小姐逛街，誰都別煩，要打架等我逛完街再打。」

李明啟打量她一會兒，瞇眼笑：「這位美女真有意思。只是呢，我們……」

「屁話少說。」齊歡就差用鼻孔看人，「我們敏學的人向來很好說話。但誰要是讓本小姐不爽，我就讓他不爽。陳讓今天陪我逛街逛定了，我約了他這麼多回，誰打擾我跟誰沒完。」

敏學私立裡都是一堆有錢的少爺、小姐，禾城人人皆知。聽她這麼一說，李明啟一群人都覺得這情況正常不過。有錢的富二代，有家裡做靠山，難怪趾高氣昂、目中無人。而後，他們看向陳讓的目光變得玩味。陪有錢的大小姐消遣?還真的當了小白臉。

「這條街過去另一邊就有監視器,你們在這搞事肯定沒有好處。趁我還肯用錢打發,趕緊滾。」齊歡說話一點也不客氣,「我沒時間陪你們浪費,大過年就當可憐可憐你們,拿了錢有多遠滾多遠。或者你們可以在這打他,我也不攔。只是我保證,碰到我一根寒毛你們全部都走不出禾城。不信可以試試。」

盛氣凌人、錢多無腦的傻樣是裝出來的,但齊歡說的話每一句都是真的。越是小的地方越是亂,像李明啟他們這些年輕混混,都是跟著大哥的,不外乎是些在禾城活動的人,夜場老闆或是這樣那樣的社會人士。而那些讓小混混們唯命是從的大老闆,歸根究底也是生意人。她爸在家時,上門的訪客什麼來頭沒有?只要是禾城裡說得上名號的,她都見過。

像以前就碰過特別有意思的一次,她那時還在念國中,曾經被人找碴,那個一臉濃妝的高年級學姐放話說要收拾她。傳聞學姐的男朋友是社會上的,一個電話能叫來一車人,跟了大老闆厲害得不得了,連男生也沒幾個敢得罪學姐。結果到最後,那個所謂的大老闆確實是大老闆,但齊歡比他們更熟——讓一群小混混點頭哈腰視為後臺的大老闆,逢年過節都會送東西給她,見了面她喊他叔叔,每年拜年的時候都會坐在她家客廳跟她爸爸談笑風生。連鎖的KTV從隔壁幾個城一路開回禾城時,還拿了一大疊白金VIP卡給她,說不上課可以帶同學去玩,大侄女免費。

那次齊歡沒被收拾,倒是把學姐嚇得臉色發白。這也是敏學的人怕她的原因。

她爸是禾城第一富,這個第一,代表著各種方面。

儘管齊歡沒搬她爸的名號出來嚇人,但眼見她如此有底氣,被他們包圍一點也不露怯,李明啟心下有了計較。彎腰撿起那一疊錢，他在手裡掂量著，「大過年的，美女這麼客氣，我們就不客氣了。」他把錢揣進口袋裡，視線緩緩在陳讓臉上掃過，最後招呼身後的人，「走。」

他們的眼神和反應，顯然都是在嘲笑陳讓吃軟飯鑽女人裙底。一群人漸漸走遠，嬉笑調侃仍不絕於耳。

等他們徹底離開視線，齊歡繃緊的雙肩才終於放鬆。手腕被用力一扯，陳讓將她拉得轉過了身，面對他。

「……怎麼了？」齊歡褪了那副令人作嘔的大小姐表情，腳下站穩。

陳讓盯著她，「這樣很危險。」

齊歡愣了下，笑：「沒事。」她說，「我爸爸一直教我，能用最輕的損失解決的麻煩，就不要猶豫，立刻解決它。」

她動了動眉，小聲道：「我爸爸給我的錢都是連號，全都有數的，你放心。」

陳讓並沒有因為她的安慰而輕鬆，眉心像是烙上一個解不開的結，還是那句：「這樣很危險。」

齊歡在說著什麼，他像是在聽，又彷彿沒有。只有手一直未曾鬆開，緊緊攥著她的手腕。

剛剛她擋在他面前，以一種決絕又不退讓的姿態。那一剎那，身體裡有塊地方像被刺中一般。

——窩心，又後怕。

第九章　沉醉

突然的插曲讓齊歡沒了先前輕鬆愉快的心情，和陳讓隨便逛了逛便打道回府。陳讓陪她坐車回去，在離她家兩條街之遙的路口停下。她向車裡的陳讓揮手，走出去好遠再回頭，那輛車依舊停在原地。像很久前，他陪心情糟糕的她打籃球發洩，送她到家門口那次一樣。

家裡只有鄒嬸在，齊歡換鞋直奔房間，鄒嬸從廚房探頭，疑惑她怎麼回來得這麼早，又接著問：「等等想吃什麼？我先準備起來。」

她沒心情考慮這些，隨口答：「隨便弄。」

回了臥室，齊歡往書桌前一坐，拿出手機打電話給齊參。

齊參沒在談事情，撥號只嘟了兩聲，便響起他渾厚的嗓音：『喂？』

「爸──」齊歡開門見山，「我被搶了，有人搶我錢！」

※　※　※

寒假轉眼結束，懶散了一個假期的學生們回歸校園，第一天，全身骨頭懶散過度，大家有些提不起勁。齊歡卻比放假前還更充滿幹勁，那不知疲倦的模樣，讓嚴書龍幾個吊車尾的人看得直咂舌。

張友玉沒忘記上個學期的事，隔了近一個月當面追問後續：「陳讓生日那天，妳大半夜突然打電話把我叫出去陪妳去買什麼煙火，還去他家門口放。現在他生日過完這麼久了，怎麼樣？」

沒什麼好藏著的，齊歡道：「那天我傳訊息給他，我說，下一次考試我考贏他就在一起。」

張友玉沉默長達數秒，這件事齊歡當時沒告訴她。

「……下一次考試考贏他？」

「嗯。」

「然後呢？」

「他同意了。」齊歡邊聊也沒閒著，手裡在書上畫著下一節課的重點。

替陳讓過生日那天，她傳完那則訊息就和張友玉相伴回家。等了很久他都沒有動靜，一度讓她以為要被他拒絕。後來他回覆她，還是一貫的簡潔——『好。』

簡簡單單一個字。

齊歡低頭看書本，張友玉好半晌才拍她的肩膀：「我真搞不懂，妳到底是想在一起，還是不想在一起？沒見過這樣給自己挖坑的，服了服了。」

開學頭一週，犯懶的學生們在老師們的磋磨下，漸漸找到了發條被上緊的感覺。齊歡狀態很好，去一中的時間大大減少，轉而用在跑辦公室求任課老師一事上。沒哪個教書育人的老師會希望自己的田裡的全是爛白菜，在敏學這樣學習氣氛淡薄的地方，有齊歡這樣的學生，猶如久旱逢甘霖，一腔學識有人如此願意聽，誰會不樂意。齊歡有了老師的小灶，課業之外又是更多的課業。

有取有捨，算下來，一個禮拜和陳讓碰面的次數創下迄今最低記錄，總共只有三次，其中說上話的只有兩次。

週日上午放學前，終於能喘口氣的齊歡一手整理書包，一手傳訊息給陳讓：『有題目不會做。』

半分鐘，他回覆：『所以。』

『下午一起看書！』她還加了個誇張的笑顏表情。

陳讓沒拒絕，當然也沒說好，只是乾巴巴地扔下時間。齊歡早就習慣他這副模樣，揹上包，樂滋滋和等在門口的一群人一起離校。

下午一點，天突然陰沉颳起風，烏雲層疊壓頂，沒多久，雨點「劈啪」在地上砸開水花，淅淅瀝瀝下得又凶又急。和陳讓約了兩點見面，齊歡趴在窗臺邊，眉頭緊擰。見雨勢雖有變小，但沒有要停止的意思。兩點一到，齊歡把書包裹上防雨的遮擋，毅然撐傘出門。

半路上，收到陳讓的訊息，問她出門沒有。

她說：『計程車上。』

十幾秒後，他道：『下雨很麻煩，妳讓司機開到我家。』

齊歡記得他家地址，沒多想，抬頭通知司機換目的地。開到陳讓家門口時雨仍然沒停，齊歡提前傳訊息告訴他到了，在車上等了半天，沒見他從裡面出來。

她給他打電話：「你怎麼還沒下來？」

陳讓頓了下，『……妳沒帶傘？』

「我帶了啊。」

『那我下去幹嘛？』他報出一串數位，說，『大門密碼。』

齊歡愣了愣，「去，去你家啊？」

『……』他無言，『到我家門口了，妳想去哪？』

齊歡握著手機沒說話，莫名有點緊張。

給司機加了陪她傻等的錢，齊歡撐傘衝到陳讓家門口，上樓前把傘放在門邊。

大雨天，陳讓把二樓客廳的燈全打開，窗簾拉上，室內一片暖意。兩個人盤腿在茶几邊對坐，各自做習題，一寫就是幾個小時。

到了六點多，拉開窗簾一看，雨還是沒停，一滴滴砸在窗沿，把玻璃砸得悶響不停。窗外，地面被雨狠狠沖刷，塵埃泥灰被沖得乾乾淨淨，別說車了，連人影都沒有。

齊歡坐在地毯上，糾結，「怎麼下得更大了……」

陳讓沒多言，放下窗簾：「該吃晚飯了。」

言罷進了廚房，下不下雨彷彿和他沒關係，他洗手，慢條斯理開始煮菜。

吃完飯快八點，雨還在下。齊歡把碗洗乾淨，坐在沙發上一臉茫然，活像是被飯撐傻了。天漸晚，她和陳讓說了一下話，越來越坐不住。

「我回去了。」外頭還在下雨，齊歡沒辦法，揹上包和他告辭。

陳讓沒攔，老神在在地看書。

離開陳讓家，齊歡撐傘站在他家院外等車，雨太大走不遠，水氣讓眼前白茫茫一片，又是晚上，黑漆漆的，怪嚇人。

等了十多分鐘，路上沒有一輛計程車，有車經過也是別家私人轎車出入。齊歡的肩膀都濕透了，正要撩黏在一塊的頭髮，手機響了。

「上來。」電話一接通，陳讓只說了兩個字就掛掉。

她回頭，二樓客廳窗簾撩起一角，透出暖黃的燈光。

一件衣服、一條褲子，都是高一時候的校服，陳讓每年都在長高，這套已經穿不下了，齊歡的身高套上倒是綽綽有餘。收起的舊物許久沒碰，卻還是折得分外整齊，沒有一絲陳舊味道。

「我穿這個？」齊歡盤腿坐在地上，仰頭問。

陳讓站著，俯視她：「妳想穿身上的濕衣服我也沒意見。」

她撇嘴，老老實實抱起他扔在面前的衣服進了浴室。換上出來，稍微大了點，她扯衣袖，拽衣角，總覺得不自在。走到客廳，在陳讓旁邊坐好，對視剎那尷尬的感覺又多了幾分。她手腳都不知道往哪放，忍不住想抱起雙臂。

「不用躲。」陳讓持書靠著背墊，抬眸瞥她，滿眼寫滿無所謂，「我對小孩子的身材沒興趣。」

齊歡一頓，什麼尷尬什麼不自在全都瞬間消散。

小孩子身材？她？小孩子？

齊歡抿唇湊近他，近到臉和臉之間只有一個拳頭的距離。

陳讓不避，她也不退，死死盯著他，搖頭：「真可惜。年紀輕輕眼睛就壞掉了。」

對視幾秒，誰都沒移開視線。最後還是陳讓先動作，他默然闔上書，坐直身的瞬間，她亦坐回去。

見他起身往房裡走，齊歡問：「你去哪？」

很快，他抱了一床疊成方塊的被子出來，外加一個枕頭，扔到沙發上，「睡吧。我休息了。」

他轉身回房，齊歡叫住他：「我睡這啊？」

「不然呢？」

「這樣的情況，你不是應該把房間讓給我嗎？」她瞄他的臥室。他家的客房沒收拾，客廳有暖氣，二者擇其一，沙發還是好一些，但他有床啊！

卻聽陳讓說：「不讓。」他語氣散漫又理直氣壯，「我不喜歡別人睡我的床。」

「……」齊歡被噎得沒話說。

陳讓靠在床頭看書，臥室裡只開了一盞床頭夜燈，光線昏暗，不知是不是窗外雨聲太吵，書上內容有些難以入眼。半天功夫，還是停在翻開時那一頁。

他斂神，皺眉把書放到一邊，門邊傳來悉悉窣窣的動靜。他端起杯子喝白開水，眼也沒抬，「進來。」

齊歡推門，從門縫探頭，咧嘴對他笑。

陳讓喝完水，涼涼瞥她，「大晚上不睡覺。」

「我睡不著。」她進來，反手關上門。大喇喇往他書桌前的椅子上一坐，也不說話，就那麼轉著椅子玩，腳下一蹬一蹬。

抬眸見他起來，她微愣，「你幹嘛？」

陳讓走到門邊，打開所有燈，去客廳把她的書包拎進來。幾本習題本往桌上鋪開，他扯過另一張椅子坐下：「睡不著就看書。」

「……這麼晚了還這麼用功。」齊歡吐槽，「我成績已經很好了，有沒有必要這樣拚？」

陳讓睇她，「下一次考試，妳要不要考？」

她一頓。良久，賊笑著問：「你是不是很希望我超過你啊？」

他滿臉平靜，「我是怕妳輸得太難看。」

齊歡不信，小聲噓他。

翻開習題本做了幾題，她邊寫邊抱怨：「你這個人真的很奇怪，大晚上跟我這麼好看的人待在一起，滿眼只有習題習題習題。」

陳讓筆尖停了剎那，然後接上。

「奇怪的是妳。」他說，「滿腦子能不能有點正經的東西。」

「我哪裡不正經了？我滿腦子都是你啊！」齊歡振振有詞，「你不正經嗎？很正經吧。」

「……」論歪理，他再長兩張嘴也說不過她，索性閉嘴。

說歸說，真的做起題目來，齊歡也是很認真的。尤其陳讓在旁邊，再枯燥的事情也有了能讓人投入的樂趣。

寫著寫著，齊歡叫他：「陳讓。」

「幹嘛？」

「你洗澡了嗎？」

「……」

她瞄他，「忘了對吧。」

他確實忘了。剛剛從客廳直奔房間，悶了半天，忘了這事。

陳讓不跟她廢話，用筆在她的習題本上圈出六道題目，「先寫這些。」而後把筆一放，去拿換洗衣服。

「這麼多？」齊歡抱怨一句，而後嘴裡嘀嘀咕咕，不知在碎碎念什麼。

走到門邊的陳讓腳步一頓，加速走得更快，他隱約聽到她在背後罵他。

陳讓洗完澡再度回到房間，想看看齊歡六道習題做完沒有，推開門卻見她蹲在椅子上，抱著肚子縮成一團。

她抬頭，看到他的剎那，淚眼婆娑：「陳讓，我肚子好痛……」

他心一緊，下一秒她嗚咽哭出聲，委屈得像是天塌了，「我生理期來了……」

齊歡縮成一團，她自己也沒想到這次反應會這麼大。以往生理期會不舒服，但從沒像這次這麼劇烈過。大概是下午淋雨，著了涼。她雙腳發顫，有點蹲不穩，痛得眼角沁出淚花。面前忽地有陰影覆下，齊歡抬頭，入目是陳讓的下顎弧度和緊抿的唇線。被他抱起來的時候，因為痛而緊皺的眉頭滯了滯。

她愣愣的，連痛都忘了，他懷裡是沐浴乳的清爽味道，肌膚透過衣物面料泛著絲絲熱意和水氣。

陳讓把她抱到沙發上，「妳別動，我馬上回來。」

外面下著大雨，他不知從哪拿出雨傘，在她還未反應過來的時候，人已經下樓。

糟糕的天氣未有半點好轉，寂靜夜裡雨聲洶洶，緊閉的窗和遮擋的窗簾依然擋不住。室內安靜無聲，齊歡愣愣窩在沙發上。又一陣腹痛來襲，她疼得清醒過來，捂著肚子改為跪坐姿勢，免得弄髒沙發墊。

二十多分鐘，陳讓才回來，衣服濕了大半，本就未乾的頭髮更濕了。他身上冒著寒氣，什麼都沒說，把黑色塑膠袋遞給齊歡，拎著另一個購物袋進了廚房。齊歡顧不上問，先奔進浴室處理。等她弄好再出來，廚房飄出一陣香味，盈滿客廳。

「你在煮什麼？」她有氣無力，往沙發上栽倒。

廚房裡叮叮噹噹，陳讓沒答，不久後，端著白瓷碗出來。滿滿一碗紅糖湯，熱氣氤氳。

「喝完。」他說。又到餐桌邊，從購物袋裡拿出一盒東西，放到她面前。

是一盒止痛藥。

「要是實在受不了，吃這個。藥店醫師說可以吃。」

齊歡點頭，端起碗小口小口喝，紅糖湯順著喉管沁潤入腹，溫暖了全身。

待她放下碗，陳讓開口：「喝完去我房間。」

「啊？」

「妳睡裡面。」他沒多說，拿起空碗進廚房。

齊歡窩在沙發上沒動，陳讓出來見她還坐著，皺眉，「妳還不睡？」

「我……」她剛想說話，小腹一陣抽搐，她「嘶」地一聲蜷起身體。

陣痛時間短，停了後，她抬頭正要接上前面的話，就見陳讓已經到了沙發邊。他的手臂穿過她膝窩下，另一手攬在她背後。再一次，被他穩穩地抱起來。從客廳到他的臥室，直至被放在他床上，齊歡都是愣住的。

兩次，晚上他抱了她兩次。

被子被扯到下巴，他掖被角，她反應過來：「等等等……蓋太高了……」

他收手，站在床邊低頭看她。

齊歡枕著他的枕頭，占著他的床，躺在他每天睡的被窩裡。兩個人對視，他的目光居高臨下。她眨眼，小聲問：「陳讓，你今天是不是心情不好……」

他唇角抿了一下，「沒有。」

「是嗎？可是我從下午開始就覺得，你好像不是很……」

「沒有。」他打斷。視線和她相觸，頓了一瞬，眼瞼微斂。

他輕掖她的被角，語氣幾不可察地柔了幾分，「睡吧。」

齊歡下巴縮進被子裡。

他關掉床頭燈，正要轉身，齊歡悶聲說：「陳讓，我肚子疼。」

他一頓，似有幾秒時間。而後，他重新擰亮一盞床頭小燈，拿起桌上的書緩慢坐在地板上。

「……睡吧。」他靠著床頭櫃，沒看她，「等妳睡著我再出去。」

齊歡不再說話。她側躺著，在微弱燈光下注視他的側臉。他就在旁邊，離得很近很近。

安靜夜下，雨聲是催眠曲。心慢慢安定。

半個小時或者更久，齊歡終於睡著，呼吸勻稱，沉沉入夢。陳讓側頭瞥見她的睡顏，闔上書，看著她許久。

她剛剛問他，今天是不是心情不好。並不是。他只是有點煩躁。已經煩了很久，從過年前左俊昊他們給他過生日那天開始，心裡就亂成一團。那一天她在窗下院外點燃煙火，十二點過完，傳訊息問了他那個問題。他隔了一個小時才回。那一個小時裡，他坐在床尾，出神呆了很久。

從父母離婚以後，他一直希望自己無論什麼時候都能保持冷靜，始終克制。齊歡的存在，卻在摧毀這些，尤其是站在窗臺邊看到她高高舉起燃燒的仙女棒，那一刻，他突然有點害怕。有什麼東西好像已經被蠶食，彷彿只要她伸出手指輕輕碰一碰，就會轟然倒塌。然而一個小時的紛亂思考，到最後，他卻還是控制不住，鬼使神差回覆了一個「好」字。

春節去爺爺家回來後，和她見的第一面碰上了李明啟那群人，她毫不猶豫衝出來擋在他面前的舉動，既是意料之外，又在意料之中。她用幾千塊趕跑那些人，怔然找回神思後，拽住她的手時他是真的後怕。如果當時李明啟沒有走，如果她被牽連發生了什麼事情，他不知道自己會幹什麼。想一想就覺得全身發冷。

不妙，真的不妙。從什麼時候開始，她對他的影響，已經這麼嚴重。

後來一段時間她投入課業，見面次數少了，他鬆了一口氣，又有種說不明白的心情。

今天下午，他更是竭力控制著，想要冷淡一些，再冷淡一些。吃完晚飯她要走的時候，他想，她回去了也好，腦袋裡緊緊繃直的弦總算是放鬆了下來。

可是有什麼用？

撩開窗簾看到她站在樓下等車，回過神來，電話已經打完了。她換上他的舊衣服，和他待在同一個空間，在他眼前晃啊晃，他焦灼，慌張，無法平靜的感覺令他窒息。一本書，從做完習題本翻到晚上，從沙發邊拿到房間裡，一下午，一晚上，根本沒翻幾頁。

這種感覺，非常非常不妙。

陳讓凝視著她的臉，手緩緩抬起，食指停在她鼻尖前，很輕很輕地碰了碰。她的呼吸撩得他手指微癢，再向下移，輕觸到她的唇瓣，溫熱觸感占滿指腹。摩挲兩秒，他斂眸收回手。站起身，腳發麻，他在床邊站了一會，走之前給她蓋好被角。她忽地動了動，連同被子和他的手一塊攥在手裡。陳讓試著抽手，沒抽出來。旁邊昏暗床頭燈薄薄一層光攏在臉上，平時冷漠拒人千里之外的眉眼，沾染上些許難言的溫和。

「……妳真的很麻煩。」低沉聲音輕到若有似無，他眸光睇著她側睡的臉，手指輕動。

在她平穩呼吸中，他俯下身，如羽毛輕撫一般的觸碰輕吻，落在她安然閉闔的眼角。

關上床頭燈，他抽回手，走出澈底陷入黑暗的房間。門鎖「叩噠」一聲，如同他沉回原位不再糾結的心，聲響細微。

她真的很麻煩。麻煩到，他一點辦法都沒有。再怎麼掙扎，最後，還是只能束手就擒。

齊歡睡得昏昏沉沉，意識矇矓地睜眼，對著天花板怔了半天才意識到所在環境。一看時鐘，已經七點十五了，她倒吸一口氣，猛地坐起來。

門響了兩聲，從外推開。

「吃早飯。」站在門邊的陳讓收拾妥當，已然洗漱完畢。

齊歡苦大仇深：「要遲到了，怎麼辦？」

「我請假了。」

「啊？可是我沒請……」

「我幫妳也請了。」

她愣住。

「妳的手機扔在外面茶几上，我用妳的手機傳訊息給妳老師了。」他說，「洗漱的東西放在外面浴室的洗手檯邊。」

言畢，他關上門走人。

齊歡肚子不痛了，愣完後飛快起床。穿鞋時發現有隻拖鞋被踢到床底下去了，她趴下，費力去撈。

陳讓在廚房裡盛粥，忽聽樓梯口傳來動靜。眉一皺放下勺子出去，走到客廳，就見左俊昊和季冰踏進二樓。

「你們來幹嘛？」

「邀你去學校啊。」左俊昊說，「我們在樓下喊你半天沒人應，只好自己上來了。」

見餐廳一桌東西熱氣騰騰，他道：「喲，這都幾點你還沒吃飯？要遲到了！」

「我請了假。」陳讓說。

「請假？幹嘛，你不舒服……」

左俊昊話沒說完，忽聽裡面臥室傳來一聲尖叫——「啊啊啊——完蛋了！」

左俊昊和季冰雙雙被這分貝震得一抖。心下略感意外，這大早上的，誰啊？以前來陳讓家，從來都只有他一個人。

下一秒，那耳熟的聲音抓狂哀嚎：「血弄到床上了！血弄到你床上了陳讓——」

「那……」季冰最先聽出來，「齊歡？」

左俊昊也反應過來，兩個人傻眼。

屋裡齊歡不停在叫他，一直在問「怎麼辦」、「怎麼辦」。陳讓頓了一瞬，而後擰起眉。解釋起來真的很麻煩。

「我上午不去學校，你們去吧。」他乾脆直接下逐客令，「樓下大門記得關。」

說完轉身就進臥室，也不管受驚嚇的左俊昊和季冰，就那麼把他們留在原地。

臥室裡，齊歡站在床邊一臉著急。生理期弄髒床單不是沒有過，但這次是陳讓的床。見他進來，她臉上尷尬，「怎麼辦……」

陳讓沒說什麼，疊起被子扔到角落，把床單扯下來，團成一團。

「要不我來洗吧……」齊歡不好意思。

「妳洗得有洗衣機乾淨？」他腳步不停，直奔房外。

客廳裡已經沒人了。

齊歡亦步亦趨跟過去，看他操作洗衣機，聽機器嗡嗡運作，不知該說什麼好。

陳讓看她，「褲子是不是也要換？」

她愣了愣，而後臉微熱，點頭。他回房，翻衣櫃找出另一套舊校服，放下後幫她關上浴室門。

齊歡洗完澡吃早飯，整個人舒服多了，肚子也不痛了。陳讓的廚藝她早就見識過，哪怕只是簡單的白粥，也煮得米粒軟糯好入口。

陳讓忽然說：「剛剛左俊昊和季冰來了。」

「咳——」齊歡一嗆，「什麼時候？」

「妳在房間裡大喊的時候。」

她傻眼。陳讓抬眸，凝視她，「他們都聽到了。」

齊歡臉慢慢憋紅，「都……都聽到了？」

他默然點頭。她尷尬得想死，盯著碗看，只恨碗不夠大，實在很想把臉埋進去。

吃完早飯，陳讓沒讓齊歡洗碗，把碗收拾好暫放在水槽裡。

齊歡把換下來的衣服塞進包裡，鼓鼓的一團。她該回家了。陳讓要送她出去，她卻窩在沙發上不動，拿眼瞄他。

他道：「妳幹嘛？」

「我肚子疼……」

陳讓皺眉。她捂著肚子縮成一團，裝得很真，怕他不信，一邊哎喲一邊強調，「真的……痛死了……」

他站著看她表演：「所以？」

「所以——」她馬上收了演技，「你揹我好不好？」

她跪趴著，下巴枕在沙發扶手上，眨眨眼，目不轉睛地盯著他。

齊歡趴在沙發上，眼巴巴瞧了陳讓很久。他站著沒吭聲，還是那副木板臉，看不出半點波動。

僵持著也不是辦法，齊歡耍了會兒賴，笑嘆一聲：「算啦，我開玩笑的。」她從沙發下來，老老實實往外走。

陳讓比她先幾步。走到門邊時，樓梯口的陳讓忽地停了。

「怎……」她才說了一個字音，出口的瞬間，他在面前緩慢蹲下。

齊歡發愣，他回頭，視線和她對上一秒就移開，面色緊繃，「妳還站著幹嘛？」

她努力消化，喉嚨微咽，怔怔走過去，「你真的……」

「快點。」他打斷，不想讓她說話。

齊歡閉上嘴，俯身倚在他背上，手環住他的脖子。他的手臂從她膝下穿過，將她穩穩托住，站起。

視野一下子比她正常站著高了許多，她下意識「唔」了聲。陳讓揹著她默然下樓，一階一階，四下安靜，只有他的腳步聲。

齊歡下巴枕著他的肩膀，忽然小聲說：「我不是小孩子身材吧……」

對於他說她是小孩身材，她很在意，更在意的是那幾個字「沒興趣」。

陳讓腳步一頓，半秒後接上，「再吵把妳扔下去。」

她偷偷撇嘴。

陳讓走了沒幾階，她又叫他：「陳讓。」

「廢話不必說。」他的臉緊繃著，像是有什麼苦大仇深般。

她笑，掩不住開心：「你真好。」

他抿唇，沉聲厚臉皮承認：「我知道。」

她在他肩膀上晃腦袋，笑意更深。臉蹭了蹭他的脖子，感受到他片刻的僵滯，齊歡埋頭在他頸窩，似嘆非嘆：「你不知道。」

有多好。遠遠比他自己以為的，還要更好。

※　※　※

第一次月考結束後，各校放長假，齊歡那群朋友裡有人過生日，借著這個理由，敏學那一群人訂了KTV準備去唱唱歌放鬆一下。因為齊歡的關係，他們和一中陳讓那群混的越來越熟，嚴書龍手機裡就有他們那些人的號碼——從這個方面來看，他的交際能力也是很強的。

這次聚會，便叫上了不少一中的。除了陳讓三個是齊歡喊來的，其它全是靠著嚴書龍的人情。

下午，兩個中包廂裡坐滿了人，兩邊男生嘻嘻哈哈，沒有半點隔閡。玩了沒多久，左俊昊把陳讓從包廂裡叫出去。

到走廊轉角，季冰早在那等著。左俊昊開門見山：「李明啟他們被抓了，剛剛收到的消息。」

陳讓臉色一凝。

季冰接話道：「前段時間他們就被懸賞了，我們沒注意，關思宇他們說，之前就有聽到消息，好像要逮李明啟他們。昨天在凌城一家旅館抓到他們，今天城北那個警局公告欄貼了消息。」

左俊昊拿手機給陳讓看，圖裡是關思宇傳來的拍到的公告。

「他們之前的案底都不大不小，一群人到處流竄，抓起來很麻煩。」左俊昊說，「關思宇他們說，這次貌似是有人資助，出善心懸賞，金額很大，禾城周邊幾個地方都貼了，李明啟那群人膽子很大，躲出去還不收斂，在凌城犯了搶劫案，被全部處理掉了。」

「他們這次進去，別人還不知道，但李明啟肯定是要蹲個兩、三年。」季冰的語氣裡帶了一絲輕鬆。李明啟這個隱患，就像一顆定時炸彈，從高一開始，多少次麻煩都是因為他。就算他們再能打，也只是高中生，和社會上的流動人員不同，兩邊對上，損失重的永遠只會是他們。現在他被關起來，對他們來說，絕對是一件好事。

陳讓淡淡聽完，平靜道：「我知道了。」除了這四個字，沒有發表更多意見。

說罷，他回包廂，左俊昊和季冰見他走，想說什麼，到底還是沒攔。

走廊上光線很暗，KTV下午場依然熱鬧，各個包廂裡不時傳出吵鬧歌聲。陳讓略微出神，想起齊歡把錢扔給李明啟那天，她一點都不擔心的模樣，他拿錢要還給她也被她拒絕。這段時間她沒跟他提一句和李明啟有關的話，但他知道，這件事很有可能跟她、跟她爸爸脫不了關係。

悶頭走著，回過神來不知走到了哪，陳讓停下，轉身要回包廂，前面轉角傳來一群女生聊天的聲音。夾雜在亂七八糟的調侃聲中，他辨認出齊歡的聲音，轉身動作一頓。

「到時候妳過生日要怎麼過啊？」

「對啊對啊，我們每年都花心思準備禮物，今年那個誰……那個陳讓，是不是應該送點不一樣的！」

「對哦，他到時候送什麼，我好期待呀……」

起鬨的女生你一句、我一句圍攻齊歡。

齊歡聲音帶笑，但很鎮定：「還早著呢，我生日在暑假快結束的時候了，現在說這些幹什麼。」

馬上就有人笑：「妳們還問什麼，我看什麼都別要了，反正陳讓給什麼歡姐肯定都好好好，棒棒棒，就要個吻吧，不虧！」

霎時響起一陣笑聲。齊歡沒好氣訓她們，一群人嘻嘻哈哈地求饒，鬧個不停。

陳讓站著聽了會兒，在被發現之前先走了。

回到包廂，沒多久齊歡也進來，看到他很高興，跑過來往他身邊一坐：「你去哪了呀？我找了你好久。」

陳讓沒回答，睇她兩秒，站起身，「妳跟我來一下。」

她愣愣，才剛坐下，沙發都沒坐熱，又跟他到洗手間外的角落。

「李明啟被抓了。」陳讓說，「妳知道嗎？」

齊歡沒想到他要說的是這個，但也沒太意外，「這不是遲早的事嗎？」

陳讓看著她，「這件事和妳有關嗎？」

「我？」齊歡一愣，笑了，「我哪有這個能耐？怎麼可能……」

他抿唇。

她斂了笑，說，「好吧。我是告訴了我爸爸，他搶我的錢。我說的是事實啊，雖然是我扔給他的，但他們不圍著我們找碴，我也不必想這種辦法脫身。而且他犯的那些案底是真的，拿了不該拿的錢也是真的，就憑他犯的那些事，小案子加起來罪也不輕了，抓他是遲早的事。」

陳讓沒說話。

「你幹嘛？不高興了……」齊歡摸不准他的想法，抬手在他眼前揮了揮手。

手被他抓住：「妳沒必要為我做這麼多。」

齊歡的手被他握著，一愣，然後笑了。

「什麼沒必要，很有必要。」她說，「你看，這世上有善有惡，惡人有惡果，雖然結果來得晚了一點，但終究還是來了。」

齊歡反握住他的手，將他的手拉到面前，輕輕在他指尖啄了一口。

她笑著，很認真地告訴他：「有些事情，你從來都沒做錯。」

陳讓眼睫輕顫。

她的眼裡，倒映著頭頂吊燈。燈光昏，她的雙眼卻澄澈，明亮，潔淨。吵鬧的KTV，外面有人在鬼哭狼嚎、聲嘶力竭地唱，那些紛亂，在這一刻似乎都被隔絕。心好像漏跳了一拍。

從來沒想過有這一天。被踩在泥裡，臉上碾著別人的鞋底時，他從來沒有想過，有一天，有這麼一刻，會有人用心撫慰他的坎坷，用萬般溫柔和耐心告訴他——沒有錯。

你的善良，沒有錯。

左俊昊、季冰和嚴書龍玩嗨了，死死霸占著麥克風不肯放手，勾肩搭背在包廂裡大聲唱著，關鍵是唱得還難聽。一群人搶麥克風，扔東西，互相攻擊，鬧得不亦樂乎。

陳讓和齊歡一個耳朵疼、一個腦袋疼，不得不溜出包廂到外面找清淨。到最近的一個轉角，陳讓抽菸，齊歡靠著牆用手搧風，驅散臉上的熱意，總算沒那麼難受。

陳讓見她臉發紅，皺眉：「妳喝酒了？」

「沒怎麼喝。」齊歡解釋，「我只喝了兩杯果酒，就兩杯。」

自從上次喝醉把嘴唇撞破，她深刻認識到自己的酒量下限，兩杯是她的底線，多了她是絕對不會自找麻煩的。

陳讓把菸灰彈在盆栽周圍盛菸的鵝卵石裡，煙薄薄飄起，他想到什麼，又皺眉問：「嗆？」

「啊？」齊歡反應過來，擺手，「沒事沒事，包廂裡還更濃。」

見她不似在勉強，陳讓便沒掐滅。窗戶開了一條縫，外面的風吹進來，和室內空調不一樣的感覺。菸抽到還剩三分之一，陳讓忽然問：「妳生日在暑假？」

齊歡點頭，「是啊。」

「妳剛剛說，想要什麼生日禮物。」

她頓了下，一時沒明白他這句話。過了好半晌才理解，「你聽到我們在走廊講話？」

他默認。

「她們亂說的，你別……」齊歡想解釋，又不知道該解釋哪一句。那群碎嘴的，太八卦了！

「送什麼都很高興？」陳讓問。

「那這個呢？」齊歡話沒說完，陳讓把燒到只剩最後一點的菸摁滅在鵝卵石裡。

「呃……」

下一秒，他側過身，低頭親上她的嘴唇。

齊歡呆愣住。陳讓的手從她脖頸繞到她腦後，他壓著她靠住牆，她被迫抬頭，完全被動地承受他的唇齒、舌尖，溫熱濕濡，他身上的清淡香氣席捲包圍，滾燙呼吸讓她渾身發緊，血液一瞬間急衝腦頂。大腦轟得一聲，像是有東西炸開。

不知道過了多久。

有點亂的呼吸，他的，還有她的，纏在一起。時間，地點，所有的一切，天旋地轉。齊歡踮起腳，勾住陳讓的脖子，更加貼近他。

她知道自己沒有喝醉，但在名為喜歡陳讓的這一件事中，或許她從一開始，就已深深沉醉。

一場下午聚會，結束得很圓滿。一群人悶了太久，開學後第一次出來放鬆，各個放飛自我。玩得瘋狂，別人的事自然關心得少了，齊歡和陳讓偷跑去了哪也沒人注意，甚至在場的都沒發現他們不在。

發生在那個角落的吻，成了他們之間的祕密。

倒是回去的時候，張友玉大嘴巴發作，一路跟其他同行的嘮叨說：「歡姐不知道幹嘛了，臉熱得不像話，我覺得她很可能是吹空調著涼，我要摸她額頭她還不讓我碰……」

齊歡聽張友玉到處跟人說，不得不把她扯到身邊，拽著她一起買吃的喝的，說了好多有關無關的事搪塞轉移話題，才讓張友玉把她臉紅的事忘記。

沒多久，新的禮拜到來，第一次月考的成績出爐，一拿到成績單，齊歡就在下課時去了校外福利社。

陳讓他們都在，齊歡挪到陳讓身邊，小聲問：「你考多少？」

他一科一科報出分數，最後報了總分。排名不需要報，他們學校高二年級第一，仍然是他。

齊歡也是敏學高二年段的第一，但聽他說出總分，整個人像被紮破洞的氣球，頓時洩氣。

「我比你少。」她垂頭，連成績單都不想拿出來。

陳讓眸光略沉，辨不出神色，朝她伸手。齊歡沮喪著，把成績單遞到他手裡。這次月考，考試結束後，考卷難不難大家都知道了。一中和敏學都是自己出的考卷，齊歡從紀茉那借來看過，一中試卷的題目比敏學的要難上一些。

她哭喪著臉重複：「我比你低。」

照理說，她要考和他一樣的分數其實不難——最早的約定是她考贏他，後來不知怎麼了，似乎是從他說「怕妳輸得太難看」開始，說著說著，最後變成了只要她和他分數相同，就算數。

然而她做著比他們學校容易的題目，還是比他低了三分。沒看到敏學的試卷，陳讓也不知道她失分失在哪，看著最後的成績，一個個數字印在眼裡，半晌無言。

齊歡垮著臉，那可憐兮兮的模樣，陳讓到嘴的訓斥不得不咽回去，卡在喉嚨不上不下。

「……妳笨死算了。」良久，陳讓把成績單還給她，沉著臉快步走出了福利社。

齊歡鬱悶半天，愁得想揪頭髮，苦著臉回學校，腳步重得像是能踏出腳印。

左俊昊和季冰在旁目睹一切，沒有追在陳讓身後回去，而是靠在一起議論。

「陳讓這次的成績挺有意思。以前他和後面的人一直保持碾壓性差距，這次和第二名之間就差一分。」左俊昊笑得頗有深意。

季冰吐槽：「都這樣了乾脆就點頭唄。」

左俊昊倒是稍稍表示理解：「他也要臺階下的好吧。」

「太要面子了。」

「是你太年輕。」左俊昊一聽笑了，「陳讓是死要面子的？你有見過比他下限更低的？」

季冰微愣，左俊昊揭穿謎底：「人家其實就是不著急，享受情趣懂不懂？你來我往，多讓人樂在其中。」

真要是急不可耐，隨便編個理由，哪怕是「今天天氣不錯」，估計陳讓都能臉不紅、心不跳拿這個當藉口把齊歡坑了。

「你就看他們倆，現在這狀態和真的在一起有差嗎？沒差！」

季冰思考一下，發現確實是這麼回事。他們之間，不過是差一層窗戶紙沒捅破，彼此心知肚明。

說白了，就只是早晚的事。

齊歡被月考成績打擊得像挨過霜的茄子，消沉一天，沉澱下來後自我鼓勵，決定衝刺下一次月考。

為了考試的事，開學到現在，除了去陳讓家做題目以及考完後的KTV聚會，大部分時間她都用在課業上，而今成績出來，雖然遭遇滑鐵盧，但也有了喘息的空隙——拿完成績單，第二天她又開始往一中跑。陳讓依舊如此，齊歡來找他，他沒有變得多主動多熱情，但也稱不上冷淡，畢竟，扯著陳讓的袖子廢話大半天還能讓陳讓耐著性子配合的，除了她也沒有別人。

月考成績出來後的幾天，齊歡有時午休來看他們打籃球，有時是下午放學來找陳讓吃飯，左俊昊和季冰都習慣了，然而習慣之後，她突然不準時出現，反倒讓他們兩個八卦看戲的不自在。

「現在幾點了，人差不多都快走完，她今天不吃晚飯？」說話的是左俊昊，話裡說的自然是齊歡。

季冰靠著欄杆，和左俊昊一起等教室裡慢慢收東西的陳讓，「不知道，她中午午休沒來，那可能今天有事不過來了。」一說完停頓，自己都嫌棄自己的八卦，馬上把氣出在左俊昊身上，「……她來不來我們操心什麼？你老是跟我聊這些有的沒的，八不八婆！」

左俊昊唾棄他的假正經，轉頭往樓下操場看了眼。

「哎？」一看就看到了個熟悉的身影，他拍季冰，「說曹操曹操到，齊歡在樓下……」

季冰回頭順勢看去，左俊昊皺眉，「那誰啊？她在跟誰說話？」

操場上有群人在打籃球，有個高個男生抱著球站在齊歡面前，不知在跟她說什麼。

「二班的？」

「二班有這號人？我怎麼沒見過？」

季冰說：「上個禮拜剛轉來的，你不在樓下不知道。」二班和季冰班上在同一層樓，碰到面的次數多，見過很正常。

越看左俊昊越不爽：「我去，那小子幹什麼？」

那個二班抱著籃球的男生不知道纏著齊歡說什麼，齊歡幾次繞過他要走，都被他擋在面前攔住。左俊昊當然不是因為自己，他是為陳讓不爽。

恰時，陳讓理好東西從教室後門走出來。左俊昊聽到他說「走」，回頭看他一眼，指操場：「齊歡在樓下。」他撐在欄杆上往下探頭看，邊看邊罵，「那傢伙欠揍吧，也不怕齊歡收拾他……」

聽到齊歡的名字，陳讓腳步一頓，走到他們旁邊。

左俊昊瞅他臉色，解釋說：「齊歡應該是要上來找你，那傢伙礙事……」話沒說完，就見陳讓臉色似是變了一刹，極短極快的瞬間，若不是他正好面對陳讓，怕是都難捕捉到這絲細微表情。

陳讓抿著唇，一言不發，悶聲走了。左俊昊愕然，回頭往下一瞥，就見齊歡不知在對那個男生說什麼，男生手裡的球不知何時到了她的手中，而她臉上，掛著明晃晃、毫不掩飾的燦爛笑意。

從操場穿過，陳讓快步走在前，左俊昊和季冰跟在後，兩個人莫名緊張。

齊歡看見他們，提步跑過來，「陳讓……」

然而陳讓腳步未停，直直朝前。

齊歡愣了一愣，趕上他，扯住他的手腕，「你幹嘛走這麼急……」

陳讓停住，低眸瞥她，眼角餘光掃了站在不遠處的二班男生一眼，目無波瀾，淡淡道：「籃球挺有意思，看來下次考試十拿九穩了，妳繼續打。」

掙開她的手，他頭也不回走了。

左俊昊和季冰大氣不敢出，尷尬地對齊歡笑笑，被回神的齊歡攔住。

「陳讓怎麼了？」

還能怎麼，吃醋了，心裡不爽。左俊昊嘴上卻不敢說，搪塞：「我也不清楚，要不妳自己問他？」

齊歡沉吟兩秒，很快做了決定：「你們自己走吧，今天他不跟你們一起。」她揮手說再見，提步去追陳讓。

季冰和左俊昊面面相覷，「現在怎麼辦？」

「什麼怎麼辦，去吃飯啊。不跟陳讓一起你飯都不會吃了？」

季冰踹他。兩個人過招幾下，旁邊那個二班的一直在看他們，他們收了玩鬧臉色，朝對方扔去一個冷眼。要不是季冰攔著，左俊昊差點要豎中指。

不知道哪冒出來的，只會添亂，有毛病。

陳讓走得特別快，齊歡追了半天才追上，不過扯住他的袖子之後，他倒是停住沒再動。

「你幹嘛？好端端的生什麼氣？」

他不理，連看都不看她。

齊歡著急，也有些氣：「有話不能好好說嘛，你這樣什麼都不說……」

「說什麼？」陳讓側目看她。

「你……」

她動唇，還沒說話，他扭頭又走了。這下沒轍了。齊歡愣住，猛地蹲下，埋頭在膝蓋和手臂之間。悶重的哭聲傳來，走了幾步的陳讓僵住。

她在背後哭得一點都不矜持。

陳讓站了幾秒，回身走回她面前，居高臨下，只能看到她一個腦頂，「……別哭了。」

齊歡悶聲哭道：「你好凶。」

他抿唇，「我沒有。」

「你在生我的氣。」

「沒有。」他板著臉否認。

齊歡蹲著不動，哭聲斷斷續續。

「真的沒有。」有一絲束手無策的頭疼，陳讓的語氣不自覺放柔，僵硬又彆扭，「妳先起來。」

「那你先保證不生我的氣了……」

他無奈：「我保證。」

哭聲終於停了，齊歡抬頭，從指縫中露出一點點臉。那張臉上乾乾淨淨，哪有一點淚痕。她還知道心虛，只敢從指縫裡偷瞄他。

「妳裝哭？」陳讓皺眉。

「是你不肯聽我說話，我沒辦法才……」她聲音漸小。

一個站著，一個蹲著，無言相對。良久，陳讓轉身。

齊歡見他離開，心情變得沮喪。要低頭時，前方走了幾步的人忽地停下，回頭看來：「妳還蹲著幹嘛？」

她微愣。

陳讓微撇唇，「妳不走我走了。」說是這麼說，可他的腳下卻一動不動。

齊歡眼亮起來，彷彿枯木逢春，生機煥發。然而她沒動，眼一轉，笑嘻嘻朝他伸手，「拉我一把。」得寸進尺，這招大概沒有誰比她用得更爐火純青的。她蹲在那，微仰頭，手伸得直直的。見他不動作，扯住袖子，讓手整個縮進袖子裡：「都隔著袖子了，沒什麼好介意的吧！」

好半晌，陳讓慢慢走過來，懶散的臉上眉頭輕擰著，他伸出手，連同她的袖子將她的手握住，拉她站起。她站好，而他也沒鬆開，就這麼反身往前，牽著她。齊歡愣愣邁開小碎步。他的修長五指別開衣袖，除去那層阻擋，握住她的手。

走到路口，陳讓忽然問：「他剛剛跟妳說什麼？」

「誰？」齊歡慢半拍反應過來，「哦，操場那個人啊？他很奇怪，莫名其妙攔住我還說要跟我認識……」

他沒表情，只是手上力道似乎緊了些。齊歡沒注意，繼續說：「一開始我沒理他，但是他老攔我的路，我只能停下跟他浪費時間。」

「而且他很討厭。」齊歡一臉不高興，「竟然講你的壞話！說你沒什麼了不起的，還說有時候可以約著比一比。我都懶得理了，他突然把球塞到我懷裡，問我會不會投籃，要不要坐下聊聊什麼的。」

「然後呢？」

「然後？」齊歡看他一眼，有些不自在地咳了聲，好幾秒後才答，「然後我就『呵呵』對他笑，罵了他一句『智障』……」

她在意他的反應，怕他覺得不好，忙不迭補充：「我也不喜歡跟人這樣，但是他太氣人了，沒事罵你，要不然我也不會理他。」

「以後不用理。」

「可是他罵你……」

「隨便。」陳讓一臉無所謂，視線落到她臉上，「妳理他，他才高興。」

齊歡「喔」了聲，點頭。

站在路口等燈，面前車水馬龍，齊歡晃晃他的手，「我們去吃什麼？吃小火鍋好嘛？」

陳讓想也沒想：「不吃。」

「我知道有家店的紅湯湯底味道超好。」說著，紅燈變綠，齊歡拽著陳讓就要過馬路，被他用力扯回來。

她跟蹌站住，「哎呀就去吧，幹嘛這樣？」

陳讓眸色沉沉，盯得她心虛。

「上火還想吃火鍋？」昨天傳訊息跟他抱怨喉嚨疼的人彷彿不是她。

他的視線壓力太大，齊歡張唇，說不出話，被他拉著朝另一個方向走。

「去哪啊？」

陳讓拽著她，頭也不回：「喝燉湯。」

左俊昊和季冰一起吃晚飯，吃得比較隨意，在學校附近找了家小店，填飽肚子就行了。四處逛了一圈，沒什麼有意思的，便早早回學校。季冰班上有事，老師在，左俊昊不好和他黏在一起，又不想回八班教室，手插褲子口袋裡，在學校四處亂逛。從乒乓球石桌區域往後繞，教學大樓背後有片小樹林，他找了塊大石頭坐下，正想抽根菸，裡邊傳來一陣悉悉窣窣的聲音。

左俊昊挑起眉頭，往裡去，還沒走多近，一道受了驚嚇的聲音響起：「誰——」

他也被嚇了一跳，定睛一看，地上蹲著一個女生，在落葉堆裡翻得手上全是泥。

「喲。」左俊昊樂了，取下嘴裡咬著的沒點燃的菸，對女生笑，「小紀同學，這麼巧，蹲地上找什麼呢？」

紀茉見是左俊昊，鬆了口氣，不過幾秒後，臉上又隱約浮現一層抵觸。之前許多次打交道，這個人給她的印象實在算不上好。吊兒郎當，油嘴滑舌，全無半點正經，如果不是因為齊歡，她連一個字都不想跟他講。

左俊昊笑嘻嘻走近，紀茉垂頭，掩了皺眉的表情。

「妳怎麼不說話？」左俊昊毫無自己被嫌棄的自覺，到她面前蹲下，伸手在她眼前虛晃一圈。

紀茉繃著肩往後挪了挪。

左俊昊沒在意，視線落到她手上，原本白到能透出血管的手，沾滿了泥灰。

「髒不髒？」他說，「妳可真不心疼。」多好看的手，他瞧著都想幫她洗乾淨。

紀茉一句話也沒回答，抿著唇，低頭繼續翻找。

左俊昊看不過去，捉起她手腕，「喂喂，髒啊。」

她試圖抽手，對他的動作不滿，皺著眉，「放開……」

左俊昊不讓她掙開，把她兩隻手腕拎起來，「妳自己看，髒不髒？地上是有金子嗎？」

紀茉力氣不敵他，但還是想掙脫。面對面蹲著，左俊昊捉她的手，吊得高高的就是不鬆開，一邊怪叫：「妳別亂動，我衣服都是乾淨的，一屁股給我推得坐地上弄髒了，妳幫我洗？」

她執拗，擰得手腕都紅了。左俊昊眉一皺，要鬆手的時候，她說話了。

「我找東西……」又小聲又彆扭，細若蚊鳴。

「妳大聲點。」左俊昊往前湊，「找什麼東西？」

紀茉說：「手鏈。」

他笑，瞥她的手腕，「妳還戴手鏈？校規不是說不可以戴，我還以為妳是好學生呢。」

「……齊歡送的。」她垂著頭，並不看他。

齊歡送手鏈給她的時候，她也說學校裡不讓學生戴，齊歡卻說沒關係，幫她繫上鏈扣，藏進衣袖最底下遮得嚴嚴實實，說：「這樣就好啦，不露出來給人看到，沒人會發現的。」

今天輪到她當值日生，這片小樹林是他們班的打掃區域，她掃著掃著卻發現手鏈不知道什麼時候掉了。

左俊昊問清楚後皺眉，「妳不會一直在這找吧？」打掃是下午放學後的事，現在都已經到了快上晚自習的時間了。

紀茉沒說話。

左俊昊無語，拽她站起來，「行了我來找，妳走走走，去吃妳的飯。」

她站著不動。

他翻白眼：「幹嘛？怕我找到了藏起來？」

「不是。」紀茉否認，腳下一動不動，就是不肯走。

「隨便妳，晚上餓到胃疼別哭。」左俊昊撇嘴。語畢，擼起袖子開始找東西。

掃把和畚箕倒在地上沒人理，兩人彎著腰各找一邊，一時間只剩下腳踩在地上的沙沙輕響。左俊昊視力不錯，沒多久，在排水溝裡發現了那條銀色的手鏈。紀茉馬上就要蹲下去撈，被他一把扯住。

「髒不髒啊妳。」他皺眉批評，把她往後扯，「去後面站著。」

他蹲下，把袖子擼到手肘以上，伸手從水溝裡撈起手鏈。紀茉找回手鏈，表情總算輕鬆了。抬頭一看，左俊昊用衛生紙擦手，低眉斂目細緻地把每根手指都擦乾淨，難得安靜。

「謝謝。」紀茉略彆扭地開口。

他「嗯」了聲，忙著手上的事，沒抬頭。擦完手，把衛生紙扔進她帶來的垃圾桶裡，左俊昊見她不走，奇怪道：「妳還在這幹嘛？」

「還有一些沒掃乾淨。」紀茉說，拿起掃把繼續之前的工作。

左俊昊搖頭，覺得她真是死腦筋到沒救了。這個樹林，這樣的環境，哪裡能真的掃得乾淨，就算有點沒弄好，放在那其實也沒關係。

可能是無聊，他沒走，乾脆坐下，在石階上看她掃地。左俊昊安靜不了多久，就開始說笑話逗她。第一個笑話出來，紀茉聽得頓了頓，但沒理他。而後那些廢話，她更是澈底沒有理會。

掃到他的面前，他伸腳碰她腳跟，「說話呀。」

紀茉抿唇看他，往旁邊挪。見她是真的沒有半點要理他的意思，左俊昊不甘被忽略，腳伸得更過分。好巧不巧，紀茉抬腿邁了一步，正好踩在他腳上。兩個人都叫出聲，紀茉朝左俊昊摔，左俊昊被踩疼，還沒反應過來，紀茉抓著掃把摔在他身上，掃把壓得他胸悶，下一秒，嘴上撞得一痛。他愣了下，和他鼻尖擦鼻尖的紀茉觸電般起身，臉漲得通紅。

這邊他嘴還疼著，那邊紀茉拚命用衣袖擦嘴巴，直搓得嘴巴快要脫皮了。

左俊昊不爽：「有沒有必要這樣啊，妳就這麼嫌我？」

紀茉動作一頓，凝視他幾秒，那表情複雜到難以形容。她抓起掃把，拎著畚箕和垃圾桶，頭也不回飛快離開。

左俊昊坐在地上傻眼，半晌嘀咕：「不就碰到一下，有必要嗎，眼睛都紅了……」

※　※　※

第二次月考還沒來，敏學原校區修繕完成的消息卻先來了。在一中隔壁的舊學校待了一個多學期，終於到了要搬回自己學校的時候，敏學的學生都很高興的，畢竟他們學校無論是裝修環境還是設備，都比暫居的這所舊師範要好得多。

齊歡卻有些沮喪，搬回學校，和陳讓見面就沒那麼方便了。她高一一年沒有聽過陳讓的名字，一是因為不關心陌生人的事，同樣也是因為兩校隔得太遠，沒什麼交集。

得到通知當天下午，齊歡藉吃晚飯的時候跟陳讓告了個別，還保證：「我聽我們老師說第二次月考估計又是統一試卷，到時候全城模擬考排名，我一定會好好考！」

飯桌上陳讓沒有流露多少情緒，但回了學校，左俊昊和季冰卻發現他整晚沉著張臉，像是被欠了鉅款一樣。左俊昊悄悄跟季冰討論，一致認為——「敏學要搬回去，不能天天看到齊歡他估計很不爽。」

敏學的行動力一流，說搬來就搬來，說搬走，不過三天就搬得乾乾淨淨。

白天沒辦法和陳讓見面，對於在一中旁邊上了一個學期課的齊歡來說也挺不習慣，只能課間偶爾跟他傳傳訊息，晚上回家以後再打電話。

是夜，齊歡做完作業窩在被窩裡翻來覆去，一下平躺、一下趴著，從作業聊到考試，把白天在學校所有八卦、所有事情都拿出來講了一遍，還是不想掛電話。陳讓很耐心地陪她聊，她趴在枕頭上，說完一個話題，忽地笑嘻嘻問：「你想不想我呀。」

床頭燈很暗，只能照亮床邊一小塊。那邊悶聲不語，彆扭勁一如往常。齊歡追問幾聲，他還是不說，她無奈，只能換了個話題。又說起學校的事，有些在白天的訊息裡跟他說過一遍，但他還是聽得很認真。

聊著聊著，齊歡撐不住睏意，闔眼睡著了。

那邊良久沒有聽到聲音，試探著喊了一聲：『齊歡？』

均勻的呼吸聲在靜悄悄的夜裡格外明顯，陳讓聽出她睡著了，卻沒掛電話，任通話保持著。

過了很久很久，他的聲音經過聽筒，變得有些沙啞。

『我……很想妳。』

她睡得沉，他的這句對先前問題的回答，沒有得到任何回應。

夜下萬籟俱寂，但他聽得清自己的心跳。有些話一時說不出口，但有些東西，並不代表不存在。

模擬考前一天，齊歡突然出現在一中校門口，把左俊昊等人嚇了一跳。

「我來看看你們。」齊歡說。

和以往一樣，跟左俊昊你一句、我一句插科打諢，季冰偶爾接兩句話，吐槽精準無比。氣氛融洽毫無隔閡，並沒有因為一段時間不見就變得生疏。陳讓一臉波瀾不興，齊歡跟他講話，他的回答依舊簡短。

齊歡一口氣說了一大堆，他反應平平，她忍不住抱怨：「你真冷淡。」

「……」陳讓無奈，「這個八卦，妳昨天電話裡說過了。」不是他不想理，實在是……不知道說什麼好。

齊歡不管：「可是昨天是電話裡說的，現在是當面說。跟我講話很沒意思嗎？那我以後不跟你講了……」

「沒有。」陳讓沒轍，「很有意思。妳講。」

齊歡也不客氣，把已經講過一遍的八卦，再次複述。陳讓聽了三遍，還要裝作第一次聽，憋著脾氣評論：「嗯……確實，挺過分的……」

左俊昊和季冰在後邊暗暗偷笑，不敢出聲，憋得差點咬到舌頭。

陳讓和齊歡去吃晚飯，見面沒有以前方便，左俊昊和季冰便很識趣地沒有打擾。

吃完逛到廣場，在涼亭裡坐著閒聊，齊歡一勺勺挖著草莓味的霜淇淋吃，還剩一半的時候，抬手戳陳讓胳膊，道：「草莓味很好吃。」

他「嗯」了聲，就見她抬下巴：「親一下？」

他皺眉，「……不親。」

「為什麼？」

他扭開頭，不理。

齊歡湊到他面前，陳讓不看她，她伸手要扳他的臉，他才終於開口：「親完妳就不認真考了。」

她一愣，大笑出聲。

齊歡把霜淇淋放到一旁，跪在長凳上靠著他肩膀，勾住他的脖子，「你怎麼這麼可愛！」

陳讓別開臉。她笑說：「你跟我打的手機備註一樣可愛。」晃他的脖子，她語氣誇張地給予肯定，「非常非常甜心！」

「不知道妳在叫誰。」對她打的備註，陳讓很有意見。

齊歡故意調侃他：「甜心？」

陳讓梗著脖子假裝沒聽到，她一直喊，一聲一聲叫他。

「甜心，你看今天晚上天氣是不是很好？」

「喝奶茶嗎甜心？那邊有賣飲料的……」

他不理，她也不停，樂在其中。

「哇，斜對面新開了一家電影院，不曉得有沒有什麼好看的電影，要是你晚上不上課就好了。」瞥見對面閃亮的招牌，齊歡覺得可惜，仰頭眺望，「最近新上了一部電影，叫什麼什麼逃殺，甜心你看了嗎？」

陳讓抿唇，說：「沒看。」

她猛地低頭，他板著臉。她樂不可支晃他的脖子，「你承認你是甜心啦？」

「……別晃，頭暈。」陳讓皺眉。在她停不下來的笑聲中，他沉著張臉，「不是」兩個字，卻是無論如何也說不出口。

齊歡請了假，陳讓沒請，上晚自習前，她把他送到一中門口。

陳讓說：「明天要好好考。」

她用力點頭，連連保證。

陳讓沒進去，站在門口親眼看著她上計程車。車開出好遠，齊歡在後座回頭，還能看到他穿著藍白校服站在門口，明明姿態隨意但卻挺拔得像是白楊的身影。

車在家附近停，齊歡付了車費，一路哼歌。輕快心情卻在快到門前時戛然而止，她不由得停住腳，心裡突然有點不安。

天黑得早，夜色沉沉，家門外停了好多車。她莫名感到一陣心慌，跑上門前臺階，鑰匙插進鎖孔，推開大門。

家裡，燈火通明。

第十章　夏至未至

第二次月考當天，陳讓一大早便起來了，吃完早飯後到校進入考場考試，出來第一件事就是打電話給齊歡。奇怪的是聯繫不上，幾乎手機不離身的她很少錯過訊息和電話，他打了三次，卻始終沒有人接。

左俊昊見陳讓擰眉，對他的擔心很是無語：「你整天就想著齊歡，昨天剛見完，需不需要這麼急？」

陳讓沒言語，回家的路上默不作聲，沒開口說一個字。

下午考完，陳讓又打電話給齊歡，還是不通。這次左俊昊也覺得有點不對，但見一向冷靜沉穩的陳讓心浮氣躁，安慰他：「說不定是有事呢，齊歡忙的時候也有兩、三天沒聯繫你啊，可能她有什麼事忙不過來。」

話說得自己都不太信，齊歡以往忙歸忙，但從來不會聯繫不到人。陳讓不知在想什麼，左俊昊好勸歹勸，才攔住他沒讓他去敏學。心下暗暗祈禱，希望齊歡趕緊回個電話，不然陳讓這兩天考試不要想好好考了。

一夜過去，第二天，還是聯繫不上齊歡。這次左俊昊不攔了，考完出來決定陪陳讓去敏學，哪想還沒走出樓梯轉角，陳讓他們班的班導師突然出現，叫住他：「陳讓，你跟我到辦公室來。」

「老師，有什麼事明天說行嗎？」陳讓站著不動，眉頭擰起。

左俊昊也想幫著說話，但老師哪知道他們急什麼，一直招手，「明天？今天的事今天說，你過來，我和主任跟你聊聊……」

左俊昊頭都大了。陳讓被叫走，他在外面乾等，生怕陳讓按捺不住說什麼不該說的話。

眼見著天都黑了，陳讓終於從裡面出來。出了校門，陳讓朝平時回家的反方向走，左俊昊問：「你去哪？」

他不答。左俊昊上前拉住他：「現在這個時間，敏學的人考完都回家了，去了也是空的。」不等陳讓說什麼，左俊昊主動道，「我有嚴書龍的電話，我幫你打過去問，行不行？」

在空無一人的校門口，左俊昊頂著夜色撥嚴書龍的號碼，漫長的嘟聲，是他這輩子聽過最磨人的聲音。

一接通，左俊昊開門見山：「我問你一件事，齊歡人呢？她電話為什麼打不通？」

嚴書龍道：『我也不清楚，齊歡請假了，這兩天沒來考試。』

左俊昊一愣，「請假沒考試？」

『嗯。』

「你聯繫得上她嗎？」

『我們都打不通她的電話，只有莊慕跟她家裡比較熟。』

「那莊慕……」

不等左俊昊說完，嚴書龍便道：『莊慕早就請假了，他外祖父過大壽，全家都去了，人不在禾城，比齊歡還早請假。』

頓了下，嚴書龍又道：『不過莊慕明天就回來了，可以問問他。』

什麼有用的訊息都沒得到，通話結束，陳讓站不住，提步就要走。左俊昊忙扯住他：「你去哪？」

「她家。」

「敏學的人都找不到她，你去她家有什麼用？」左俊昊急了，「明天莊慕就回來了，問問莊慕說不定會有消息，你再等一晚，就一晚，明天要是也沒有答案，哪怕天涯海角我都任你去，行不行？」

這一刻的沉默，大概是左俊昊這輩子經歷過最壓抑的時刻。陳讓的臉色，比晦暗的夜色還要沉重。

聯繫不上齊歡的第三天，沒等陳讓他們先打電話，莊慕那邊已經先一步聯繫他們。左俊昊的手機接到嚴書龍的來電，電話那頭是莊慕的聲音，他聽清，說了句等一等，直接將手機遞給陳讓。

莊慕簡言概之：『齊歡家裡出事了，具體的還沒確定，情況不太好。』

陳讓一頓，「齊歡呢？」

『她現在估計也焦頭爛額。』

「我去找她。」

『沒用的，不要白費力氣，她不在家。』莊慕說，『她家主宅被封了進不去，進去也沒用，裡面沒人，她家在禾城不止一處房產。』

莊慕嘆了聲氣，勸他：『有什麼事我會第一時間通知你，真的，我們也很急。』

儘管不待見陳讓，但對齊歡的關切，不論是陳讓也好，他們這些敏學的也好，都是一樣的。莊慕的這通電話打完，事情沒有好轉，反而朝著更壞的方向發展。陳讓整個人都變得陰沉冷硬，周身凝結著一股「生人勿近」的氣場。之後一連五天，左俊昊和季冰每天都是掰著手指強撐過去的。就在左俊昊覺得陳讓快要爆發的時候，莊慕來電話了。

『我們見到齊歡了，你們要不要過來？』

不用問，陳讓連最後一節課都沒上，直奔莊慕報的地址。

在一家飲料店的頂樓包廂裡，他們見到了齊歡。敏學的人圍著齊歡坐，氣氛凝重，她的臉色糟糕得像是病中之人。來的路上左俊昊他們陸續問清了事情——齊歡家出事，不僅主宅被封，她爸也被帶走。

一群人圍坐著，莊慕問了很多話，齊歡都搖頭。

「不知道。」

「我不知道……」

「我真的不清楚。」

她臉上滿是疲憊，頹然得像是沒有半點生氣。什麼都說不出，一問三不知。

十多歲的年紀，離成人世界看似只有幾步之遙，然而這個距離卻遠得是一道長河，他們根本難以觸碰，也無能為力。

沉默間，陳讓突然開口：「你們能不能出去一下？」

一群人互相對視，你看看我，我看看你。由嚴書龍帶頭，陸續離座，把空間讓出來。頂樓的包廂有陽臺，光透過玻璃門照進來，很亮，與她的臉色截然相反。

陳讓問：「要不要去陽臺吹吹風？」

齊歡點頭。

他們到陽臺上，並排站在欄杆前。

齊歡說：「我爸爸沒有做壞事。」她紅了眼睛，眼淚突然像斷線的珠子般不斷落下，「他國中畢業去打拚的時候，石珊珊爸爸借給他一個月生活費，他都能記這麼多年，他怎麼可能會害別人……」

喉頭滾燙的熱氣彷彿會把自己灼傷，她哽咽，鼻尖泛紅。陳讓無言，伸手把她抱進懷裡。她先是啜泣，低低壓著聲音，越來越忍不住，最後還是揪著他的衣服，痛哭出聲。哭到全身發顫，抽搐，接不上氣。

「七年，七年過完他就老了……他們怎麼可以這樣……就算沒有半點感情，她怎麼可以這樣對我爸……」她斷斷續續地說，語無倫次，敘述不清。陳讓沒有問，只是攬著她，讓她痛快地哭。齊歡覺得心在發抖，又痛又悶。

回家那一晚，打開門，家裡全是人。她親眼看著齊參被拷起帶走，全身僵滯無法動彈，胸悶得喘不過氣。方秋蘅在，石從儒也在，還有好多好多人，都在。之後的這些天她抓狂，崩潰，吃不下、睡不著，像行屍走肉，和方秋蘅吵架把手機摔壞，沒有人肯帶她去看她爸爸，她不知道該怎樣才能和他見面。沒有人主動告訴她發生了什麼，她只能自己去聽，去猜，去聯想。她和方秋蘅之間爆發了有史以來最大的爭執。

她們搬到禾城的另一處房子，幾天裡她一直沒怎麼進食，只勉強塞了點東西下肚，維持力氣。當方秋蘅把石從儒和石珊珊帶回來的時候，她澈底忍不住了。

她聽到他們在談，財產、以後、戶口……每一句話都像是在扎她的心。

她衝出去質問：「都是我爸爸的錢！那些都是我爸爸的財產！什麼轉移，什麼妳的名下，妳們到底想幹什麼——」

方秋蘅站起來怒斥她：「什麼妳爸爸的錢，家都封了，公司也封了，妳還在做什麼夢！」

齊歡瞪著她，一寸不讓：「妳以為我什麼都不知道是不是？我爸爸有多少資產妳們真的以為我心裡一點數都沒有？查封？封掉的那些有多少，妳告訴我啊，有三分之一嗎？剩下的三分之二呢？妳告訴我我爸剩下的三分之二財產去哪了！」

吵著吵著，她們動起手。方秋蘅搧了她一巴掌，她撞到茶几，卻還是忍住痛發狠站起來撲倒方秋蘅，死死壓在方秋蘅身上掐著她的脖子。場面一片慌亂，石從儒父女過來拉開她們，將她甩到地上。

她在自己的家裡，狼狽得像個瘋子，揮手摔碎花瓶，那瓷片碎裂飛濺，聲響劇烈，卻都不如她的聲音決絕。

「我不會放過你們！你們害我爸，你們會不得好死——」

她回房，聽到心有餘悸的方秋蘅在背後大叫：「讓她滾！讓她滾得越遠越好！」

那一晚她好幾次拿起刀，差點失去理智想要衝出去，跟他們同歸於盡。可是每當她握上門把的時候，眼前都浮現她爸爸的臉。

他總是用懷念又感慨的語氣和她說以前，說他念書的時候老是出糗，別人都嫌棄他，只有她媽正眼看過他，幫過他好多次。而他國中畢業離開學校出去打拚的時候，石從儒從自己存的錢裡拿出一部分給他，那時候的錢不多，但卻是石從儒一個月的生活費。

她不知道在門邊哭倒了幾次，握著刀伏在地上，既心酸又痛苦。

齊歡在陳讓懷裡哭得喘不過氣。

「他們一點點好，一點點恩情，我爸都記得……記了這麼多年……他們卻要毀了他後半輩子，為什麼……為什麼啊……」

小時候，在她上小學的時候，她就察覺到她媽媽並不喜歡她爸。一年一年，越長大她越討厭她媽，兩個人的關係也越來越差。可是她爸，永遠都甘之如飴，外人看來精明至極，齊歡卻覺得他傻得過分，明知道自己的感情連百分之一的回報都沒有，還是，始終不變。

她一直覺得，她媽配不上她爸，有時候甚至想，她寧願自己沒有出生，她爸的妻子不是她媽，或許她爸會過得更好。

「他每次出門最長也只有三個月……七年……我想他了怎麼辦……」

那些人說，她爸爸大概要判七年。對一個中年人來說，能有幾個七年？

齊歡揪著陳讓的衣服，快要站不穩。她聲音沙啞，糾成一股絕望的語調，「陳讓，我該怎麼辦……」

陳讓攬緊她的腰，手撫在她背後，明明沒有多用力，卻暴起青筋，喉間彷彿梗住難以呼吸，僵滯著，從頭到腳好似被灌滿了水泥。至今十多年人生中，第一次絕望，是在父親背後看到母親同別人苟合的那瞬間。

而第二次，就是現在。當齊歡在他懷裡哭到快要昏厥，當她面臨殘酷到令她甚至無法苟延殘喘的痛擊時——他發現他無能為力，除了聽她哭，什麼都做不了。

陳讓和齊歡單獨在包廂待了很久，陽臺上風大，吹得齊歡臉上淚痕乾了又濕，濕了又乾。敏學和一中的幾個人在樓下大廳角落坐，很長一段時間，誰都沒說一句話。而後，陳讓和齊歡兩人從樓上下來。齊歡明顯哭過，眼睛腫得不成樣子。

眾人挪出位置，讓他們坐下。莊慕問：「現在怎麼辦？」

齊歡搖頭，聲音悶重：「我也不知道。」

莊慕著急：「可是那也不能就這樣讓她把妳送走……」

「送走？」左俊昊不解，「什麼送走？」

莊慕臉色難看：「齊歡她媽——」頓了一瞬，改口，「那個女的，要把齊歡趕出去。」

「趕出去？」

一向神經大條的張友玉也臉色難看，報了個稀奇古怪的名字：「這個學校你們聽過嗎？」

左俊昊和季冰面面相覷，「沒聽過。」

「在澳洲。」張友玉說，「是個野雞學校，垃圾到不能再垃圾。那個女的，她連野雞大學也安排好了，歡姐去了，就是白白浪費幾年時間。」

「那不去不就好了……」

「沒有用的。」這次是齊歡開口，「我的監護權還在她手裡。」她還沒滿十八歲，她的生日在暑假，要到高三開學前，才算真的十八。

「敏學她不會讓我讀了。」齊歡說，「只給我半個月時間，讓我去考試，考過了去澳洲。如果沒通過，我的學籍就不要想留了。」

方秋蘅說得出口就做得到，齊歡想笑，然而扯不動嘴角，「我們學校校長說了，我的學費可以全免，被她直接拒絕。她就是不想要我好過，對外卻還要跟那些朋友說她對我多好多好，準備送我去留學。」

事實呢？野雞高中，野雞大學，方秋蘅和石從儒一手安排好，只要花點小錢，就可以把她扔到遙遠的澳洲，每個月裝模作樣給點生活費，任她自生自滅。她留在國內，明明可以考到很好的大學，但方秋蘅就是不給她這個機會，寧願把她送得遠遠的，眼不見為淨，葬送前程也不在乎。

被通知這件事的時候，齊歡的心如墜寒窟，最後一絲希望也沒了。她想起高一暑假，石珊珊來她家玩，當時石珊珊和她聊成績聊將來的志願，她一句話堵得石珊珊接不上話，她說：「我想考哪就考哪，填了志願我就能考到，妳先擔心擔心妳自己。」

當時石珊珊臉色就變了，而幾天前方秋蘅告訴她讓她準備出國考試後，她在房間裡呆坐，石珊珊推門進來，站在門邊，像每一次對她笑那樣彎起嘴角，面容柔和，眼裡的盛光卻再也忍不住，也終於不用忍了。

「想考哪裡就考哪裡？」她的臉一半隱在陰影裡，一字一頓，「希望妳在澳洲，也能像以前一樣有底氣。」

齊歡聽到他們在討論買新房子，或許買完就搬，或許等石珊珊考完大學才走，總之，那些事情都沒有她的份，再也與她無關。他們有這麼多的時間，可方秋蘅連去看齊參一眼也不肯，也不讓她去。

她還能有什麼期望？

沒了。

從她親眼看著她爸被拷走的那一刻開始，其後種種，她跟那個女人，這輩子只可能是仇人。

一桌人全都沉默下來，誰都沒有辦法。

安靜了很久，他們還要說什麼，陳讓站起身：「走吧。」

齊歡站起來，跟過去。

「你們去哪？」左俊昊問。

「我們去吃飯。」陳讓說，「你們回去吧。」

莊慕想說什麼，張了張口，還是沒說。

一桌人都看著他們，陳讓和齊歡卻沒再說，也不多留，走出店門。陳讓牽著齊歡的手，兩隻手握得緊緊的，一起並肩邁入門外的光影裡。

他們走了，剩下的人還坐著，都有些怔愣。季冰憤憤說：「聽得真氣人，什麼玩意，真想帶人衝到她家去狠狠揍那對狗男女一頓！」

左俊昊道：「揍了又能怎麼樣？揍完了齊歡呢？你能負責她以後的生活嗎？能把她帶回家，給她學費開銷支持她的生活嗎？你能說服家裡人？不能的話說什麼都是屁話。」

季冰道：「你嗆我幹什麼？我生氣還不行啊？」

「我不是嗆你。」左俊昊難得嚴肅，臉上有化不開的愁，「我只是替齊歡難受……也替陳讓難受。」

高中生的他們什麼都不怕，可是距離真正的成人世界，太遠了。

遠到很多事情，無法抉擇，亦無法保護。

齊歡和陳讓去吃晚飯。滿滿一桌，陳讓點的都是她喜歡的。他幫她夾菜，自己沒動幾筷子。齊歡苦中作樂，開玩笑：「你不會擔心我沒飯吃吧？放心好了，她還不至於餓死我。」

「沒有。」陳讓還是往她碗裡夾。

吃著吃著，齊歡掉眼淚。

「我爸爸也喜歡吃這個，我們的口味特別像，我喜歡吃的東西他都喜歡，就算不喜歡，他也會全都吃下去，就為了陪我吃。」

陳讓默默看她哭。

筷子從她手裡掉下，她有點失控，抬手捂住臉，嘴裡的菜吞不下去，味同嚼蠟。

「他總是說我是他的小公主，我要什麼他就給我什麼，我要娃娃，要漂亮衣服，他從來沒有不答應。」

「我都是騙人的，我說我很優秀，我很棒，說超級喜歡自己，都是假的，假的……我有什麼了不起，全都是因為我爸爸，我所有的底氣都是因為我是他的女兒，什麼小公主，什麼……沒了他，我一點都……一點都……」

她的眼淚淌到下巴，一滴滴落到桌上。

陳讓坐在她身旁，扯下她擋臉的手，把她的腦袋摁到肩上。他聲音很輕，很耐心，一遍一遍地告訴她：「妳很優秀，妳很好，妳非常棒。」

她控制不住自己的眼淚。在家哭了很多天，然而，還是抑制不住，「我真沒用，什麼都做不了……」

陳讓閉眼，唇貼在她眼角，苦澀的味道沾染上舌尖。

「妳很好。」他一遍又一遍的說，不厭其煩，就像她當初在他病床邊，一邊哭一邊說的那樣。

她很好。

好到他看她掉眼淚，心裡像被刀狠狠劃過。

陳讓親掉她的眼淚，喉間澀然。

「妳是小公主。永遠都是。」

這天晚上，齊歡做了一個決定，陳讓知道。

她很安靜，哭完以後，很安靜地接受了現實。她決定回家向方秋蘅低頭，同意去留學這件事。留在國內是學籍被取消，去澳洲是讀爛學校，前途或許盡毀。

兩害取其輕。

那頓飯沒有吃完，但是陳讓永遠不會忘記，齊歡最後在他懷裡再度哭腫眼睛，沙啞著聲音跟他說：

「再糟糕也不會比現在更糟糕了，對不對？」

「她想要我去，想要我滾遠，大不了就去。」

「沒什麼熬不過去的，還有希望，是不是……」

他說是，很認真地告訴她，這不是終點，也不是結局。不過是個坎，邁過去，還有很多很多以後。

她在他懷裡，揪著他的衣服擦眼淚，邊笑邊哭，不停地點頭，說：「對，沒什麼過不去，沒什麼。我會好好的，我會努力。等我爸爸回來，就當做他只是去出遠門了……」

這一次的遠門，比以往要久。沒了爸爸的看顧，她得學會一個人照顧自己，學會往前，學會面對該面對的和不該面對的一切。

然後……

「等他回來，換我養他。」

※　※　※

齊歡留在禾城的最後半個月，陳讓每天放學後，都是和她一起過的。兩個人一起吃飯，一起逛街，一起做很多沒來得及做的事。好幾次，左俊昊和季冰在街上看到他們，兩個人緊緊牽著手，偶爾因為什麼稍微鬆開，陳讓都會停下腳步等她，然後伸手，再度牽起，繼續並肩前行。他們只是遠遠站著，從沒有過去打擾。對於那兩個人來說，時間過一天少一天，等齊歡一走，漫長的分別，不知道要持續多久。

時間過得很快，齊歡的爸爸澈底倒臺，禾城好多經商的人都在議論這件事。判決下來，不多不少正好七年。齊歡終於見到他，回來之後，在陳讓面前哭了好久。那天過去，她就沒再哭過了。平靜地考試，平靜地倒數。

日子一天一天過，該來的還是來了。

走之前最後一天，陳讓和齊歡一起，如常吃飯，逛街，手牽手走過大半個禾城，以前一起去過的和沒去過的，都走過一遍。

九點多，陳讓陪齊歡步行到家門口。不遠處有個公車站牌，再過去就是她現在住的社區正門。停在路口，齊歡讓他就送到這裡。

「我自己進去了。」

「嗯。」

他們面對面站，他比她高很多。齊歡抬頭看他，仔仔細細把他臉上每一寸看的清清楚楚，銘記在心。

「我第一次見你的時候，你好凶的。」她說，「你以後會不會對別的女孩子笑呀？那不行，你對我這麼凶……」

她在笑，但沒有淚的眼裡，分明在哭。

「不會。」他說。

齊歡勾唇，掩蓋唇角的抽搐，努力保持笑的狀態：「我開玩笑啦。我希望你開開心心，我不想這麼自私。只要你高興不管怎麼樣都好，以後要是遇到想對她笑的女孩子……」

陳讓忽然俯身，吻住她。

齊歡怔愣。唇齒相融，沒多久變成疼痛。他攬著她的後腦，不讓她逃，狠狠把她的嘴唇咬破。

許久他才放開，唇瓣上有絲絲血跡。

「我不喜歡妳說這些。」他說，「妳記住了，是我咬破的。這個疤，我等妳以後還給我。」

齊歡愣愣看著他，忍了一路，眼淚就這樣流了下來。

「好。」她眼裡泛淚，「那你以後不許對別的女孩子笑。你咬我這一口，我以後一定會還給你。」

黑夜沉沉，齊歡轉身，一步一步朝社區走，陳讓一直站在路口未曾離開。

快到門前的時候，她停住，緩緩蹲下，抱住膝蓋悶頭大哭。她知道陳讓在後面，她知道他沒有走，可她沒有勇氣回頭。

這夜很黑，黎明久久不至，壓抑得讓人無法喘息。

有些東西，對齊歡來說，註定難忘。

十七歲這年，她的父親被她的母親送進監獄，她失去了所有依靠，也不得不放棄最喜歡的男孩。

她喜歡的夏天還沒來，可她的青春，已經結束了。

※　※　※

齊歡走的那天，沒有車接送，她自己拎著行李箱到車站坐巴士，趕飛機。陳讓沒有送她，左俊昊和季冰自然也就沒去。聽聞敏學的那群人全都蹺課到場，除了莊慕、嚴書龍和張友玉幾個本身就跟齊歡關係好的，還有如鄭嘯等沒那麼熟的，也去了好多人。

巴士十點半發車，一中正在上第三節課。那一天左俊昊格外注意陳讓，他坐在教室裡，一個上午不曾動過。和以往所有日子沒什麼兩樣，但就是從那個明明並未有幾多特別，但卻被賦予了特殊含義的日子開始，陳讓變得一天比一天沉默，或者說，他恢復了左俊昊最初認識他時的狀態，而且程度更甚以往。

表面上，陳讓看起來什麼都正常，認真地聽課，認真地學習，一絲不苟地生活著。但左俊昊總覺得彆扭，總覺得不應該是這樣。

去國外的齊歡和敏學的人還保有聯繫，然而隔著遙遠距離，空間和時差都是阻礙，一開始一週一通電話，到後來變成半個月一通，而後又變成一個月一通。

讓人不解的是，她和陳讓從未聯繫過。季冰不懂，理解不了，直至有一回，左俊昊說：「大概是害怕吧。他們都害怕。」

那時候季冰忽然懂了。若無其事地平靜生活，比歇斯底里不管不顧要難得多，也要辛苦得多。他們兩人都不敢，也不能打破這個平衡。

日子一天天過，禾城建城百年慶典，全城所有中學都被安排人手表演節目。一中二年級抽中了三個班，陳讓所在的八班就是其中之一。

之前一中校內運動會時表演過的節目直接拿來用，在舞蹈老師的指導下，經過半個月的複習排練，表演的學生們正式登臺。在一個烈日炎炎的下午，參與的學生在城中心體育館集合，陳讓和左俊昊他們作為臺下觀眾，替班級助威。體育館四樓坐滿了，季冰班上並未被抽中，因為左俊昊和陳讓在這，他下午請了假沒去上課，混進隊伍裡。

表演開始前，左俊昊和季冰去買水，他們手插口袋，被大太陽曬得瞇眼，到最近一個小超市門前，有許多人圍著，進去一看，是一群私立學校的圍著他們一中的學生。

私立的那群人沒穿校服，換成別的學校他們或許認不出來，但好巧不巧，都是熟面孔。莊慕、嚴書龍、張友玉以及一些相比之下比較面生的，全是敏學的人。

被圍著——準確來說應該是被一排人擋著的女生臉色難看，正是石珊珊。

左俊昊和季冰想起齊歡，想起那天她在飲料店說的那些話，剎時間心裡都不太舒服。周圍很多一中的學生在看，不敢上前，對敏學的人心存忌憚。看情況，似乎是石珊珊被找碴了。

張友玉當著一眾人的面，把手裡喝完的空瓶扔到地上，狠狠一踢，踢到石珊珊的小腿。她痛得「啊」了聲，不禁往後縮，她身旁陪著她的女生們都敢怒不敢言。

張友玉毫不掩飾敵意，一笑：「大房子住得還舒服嗎？這位飛上枝頭變鳳凰的野麻雀。」她說得很大聲，在場的人全都聽得一清二楚。

莊慕沒說話，一向戾氣不重的他，這一次持放任態度。他爸和齊歡的爸爸是朋友，在生意場上相識多年，齊歡爸爸出事後，他在家裡長吁短嘆，飯都吃得少了。三家放貸公司被牽連關門，禾城許多投了閒錢的人至今還在鬧，某位夜場「老大」及一眾十多號人低調暫離禾城。他聽到家裡來訪的客人提起這件事，都是一種隱祕又古怪的語氣。

千百年來都是如此，一朝天子一朝臣。而今禾城換班底，熱燒三把火，頭一把火就是打老虎，還打下了最肥的那隻。

更讓人糟心的是齊家的事，莊慕他爸幾次提起齊歡，氣得頭髮都白了幾根，喝醉了酒在客廳裡跟他媽絮叨，咒罵，萬般痛心疾首。一會兒說「我早就跟他講過，那種女人要不得！」一會兒說「好好的孩子輪得到她來糟踐！臭婊子不得好死！也就是我們沒法……也就是……」

他爸醉得絮絮叨叨，滿嘴胡話。他站在走廊陰影下聽，除了聽，什麼都做不了。齊家被封以後，沒有朋友敢上門，人人避之不及，那幾天，他爸彷彿老了好幾歲，一邊是為了保全自家的無奈選擇，一邊又因此自我唾棄。

眼下，石珊珊被張友玉刺得變了臉色。嚴書龍卻諷刺得更直接：「聽說妳爸吃軟飯很有一套，以妳爸為榮嗎？」

石珊珊的臉色越發難看，想反駁，張嘴卻說不出什麼。這些敏學的人，不僅人多，而且沒有什麼是他們不敢做的。惹急了，不知道會做出什麼。

「你們不要亂說，欺負女生算什麼本事……」石珊珊旁邊的女生大著膽子開口。

話沒說完，滿臉不耐煩的鄭嘯當場開罵：「閉嘴吧妳。」他瞪眼，「我們就欺負她，她爸有臉吃軟飯還怕說？」

他一腳踹翻一張紅色的塑膠凳，凳子撞上石珊珊，她臉色發白，嚇得不敢動。他滿臉戾氣，表情太嚇人，敏學其他人的駭人之感，還不及他三分之一。

鄭嘯脾氣向來大，要說性格剽悍，莊慕他們真的悍不過他。放眼整個敏學，能治得住他的人，唯有齊歡。齊歡跟鄭嘯的交情不如跟莊慕幾人深，但也頗有淵源，至少鄭嘯是打從心裡認可她的。很早以前他也不服過，覺得齊歡就是靠著有個了不起的爸爸才能橫行，別人怕她不過是怕她爸而已。由於交際圈不同，他們沒有來往，從沒打過交道，便也沒起過衝突。

後來，鄭嘯因為蹺課太多，惹事太多，被齊歡盯上。

那次齊歡攔住他，跟他比成績，把所有科目試卷放在他面前，說：「我讓你半個小時，你哪門分數比我高，只要高一分，以後你把學校拆了我也不多說半個字。」

結果當然是他慘敗。但他還是不服，全校都知道齊歡會讀書，輸給她是正常的。

直到某天，他和人鬥毆，要不是齊歡一群人路過，莊慕跟嚴書龍幫了忙，他估計就要進醫院了。欠了人情，於是他跟齊歡說：「妳們幫了我，算我欠妳們的。少給學校惹麻煩是吧？可以，就當我跟妳們一起，我給妳們面子。」

哪想齊歡卻說：「別，你可別跟我們一起，要惹事就惹事吧，愛怎麼樣就怎麼樣。」他問為什麼，她一點都不客氣，直白了當的告訴他——「我這個人有智商歧視。」

那天齊歡蹲在他面前，一字一句說的無比清楚。她說：「你覺得你跟我是一樣的，甚至看不起我，覺得我沒什麼了不起，對不對？那真的挺不好意思，我們差很多。你吊兒郎當，我也吊兒郎當，但是除了這個，我會做的，能做到的事情很多，你呢？你這樣的人，哪怕是掃廁所，我也能掃得比你好一百倍。」

因為她的這句話，他憋了一口氣，從那時起準時到校，還是惹事，但惹的少了，開始聽課讀書，做煩死人的作業，就為了考出個能看的成績，卯足勁要讓她看得起。後來一天又一天，等他再想起最開始的事情，已經不知道從什麼時候，跟著張友玉一口一個「歡姐」、「歡姐」叫著。

鄭嘯越想越不爽，踹完凳子，臉色反而更陰沉扭曲，差點忍不住就要衝過去。幾個女生嚇得往後退，嚴書龍拉住鄭嘯，沒讓他動手。

石珊珊身邊的女生握著她的手，唇瓣囁嚅，久久沒有出聲。石珊珊扯著她的衣袖，極低極低說：

「算了……」

張友玉看在眼裡，更覺得噁心。齊歡跟她說過，這個石珊珊，在跟她爸鳩占鵲巢之後，乖巧下潛藏的惡念終於忍不住，齊歡她媽送齊歡出國讀野雞學校的點子，就是石珊珊出的主意。

她恨不得當場撕爛面前那張臉。

左俊昊和季冰做了一會兒圍觀群眾，漫步走進人群。左俊昊笑吟吟出聲：「喲，這是怎麼了。」

一中的學生看見他倆，莫名有一絲期待。一中的人都知道他們厲害，眼下這場景，似乎誤以為他們是來幫忙的。就連石珊珊幾人臉上也浮現了不合時宜的期待。

然而左俊昊和季冰沒有半點要施以援手的同校情誼，反倒和莊慕幾人打招呼：「好久不見，最近怎麼樣？」

「還行，就那樣。」話是嚴書龍答的。

左俊昊笑著，意有所指：「別為了不值得的人生氣。」說著看向張友玉，「張友玉同學妳說的很對啊，野麻雀嘛，上了枝頭又能怎麼，就看她能蹦到什麼時候囉。」

石珊珊臉色僵了。不說她，就連周圍的人都聽出來，左俊昊是在諷刺罵她，開始議論起敏學的人說的八卦。左俊昊跟季冰同敏學幾人聊了會兒，進小超市買好水，回體育館。全程沒有理石珊珊，看都沒有看她。

敏學的人要怎麼刁難，他們可不管。

左俊昊擰開水瓶，邊走邊喝。旁邊季冰嘀咕了聲：「真噁心。」

說的是誰，他倆心裡都清楚。左俊昊勾起唇，笑得有點諷刺。

妄想英雄救美？

呸。

石珊珊被敏學的人好一番刁難，體育館表演結束，晚上還要回學校繼續上晚自習。

石珊珊被敏學的人氣得不行，當著他們的面卻不敢表現出來，憋著一肚子火回班上。因為左俊昊的那番話，年級裡開始傳出風言風語，石珊珊又急又氣，無可奈何。晚上，老師上課，一進教室便點她的名。

「妳為什麼不交作業？」

石珊珊站著發愣：「我交了。」

「小老師？」這位老師脾氣一向不好，當即皺眉，把科目小老師喊起來，「她交了，作業本呢？」

那同學眼神閃爍，堅持說：「她沒交，我沒有收到她的。」

石珊珊訝異，「你補收作業本的時候我明明交了……」

「妳交給誰了？我沒收到。」那同學不鬆口，實則內心忐忑。因為石珊珊一個人拖欠，害得他沒能及時把作業收齊交上去，最後匆忙單獨收她一個人的，隨身帶著，誰知道下午帶去體育館後就找不到了。

石珊珊要爭辯，老師不想聽他們爭吵，生氣地拍講桌，「吵什麼吵！」

石珊珊忽然想起：「有人看到了！」她說，「我交作業本的時候，班上有同學在。」

「誰看到了？」

石珊珊往角落一指，所有人的視線集中在紀茉身上。

紀茉被叫起來，老師問她：「妳看到了嗎？」

紀茉默了幾秒，輕聲說：「我不知道。我沒看到，不清楚。」

石珊珊滿臉震驚，連帶心臟猛跳的小老師也暗暗驚訝，又不自覺鬆了一口氣。

「她說謊，她明明看到了……」

老師再拍講桌，打斷石珊珊的話，「夠了，我不想聽妳浪費時間！明天買一本新的補上，再把作業本上昨天的內容全部手抄一遍。後天交上來。」

石珊珊沒辦法，低頭說是。

下課時，紀茉去洗手間，回來的途中被石珊珊堵在轉角。

石珊珊質問她：「妳為什麼說謊害我？」

紀茉說：「我不知道妳在說什麼，麻煩讓一讓。」

石珊珊不讓，「紀茉同學，我和妳無冤無仇，妳為什麼……」

「妳知不知道妳咄咄逼人的樣子很醜。」紀茉面無表情打斷她。石珊珊一愣，紀茉黑白分明的眼睛直直看著她，眼睫輕顫，「霸占別人的家，搶別人的東西，也很醜，噁心到讓人想吐。」

在這一瞬，石珊珊被她看得背後發涼。像是看到了齊歡的臉，眼前交織著那些風言風語，以前總被齊歡壓一頭的痛苦也湧了上來。

她沒忍住，著魔般揚手就甩了紀茉一巴掌。

「啪——」地一聲，響亮無比。

恰好有同班同學路過，嚇了一跳，忙衝過來：「石珊珊妳幹什麼！妳幹嘛打人？」

石珊珊自己也有些愣，「我……」

同學拉起紀茉，「沒事吧紀茉？」

紀茉臉上浮起一個清晰的五指印，眼淚都被打出來了。

「沒事。」她說。

眼角有些濕潤，紀茉在石珊珊還沒反應過來的時候，忽然抬手猛地甩了她一巴掌：「這一耳光是還妳剛才的這一下。」

又是「啪——」的一聲，下一秒紀茉反手搧了石珊珊第二下，比第一下還更重，還更響。

「這一耳光，是我替齊歡打的。」

她身上壓抑著的氣勢，在動手的這兩瞬突然爆發，洶湧到讓石珊珊動彈不能。紀茉眼裡彷彿有無盡寒意，直直衝向她，包圍她。那張白得過分的臉在石珊珊瞳孔裡放大，她聽到她說——

「妳一定不會有好下場的，石珊珊。」

紀茉打了石珊珊的事當晚就傳開，但年級裡，說她錯的人很少。主要還是因為石珊珊家那些破事，不知被哪個有心的人傳得沸沸揚揚。

故事裡，齊歡爸爸的戲份很少，很多人甚至都不知道和齊歡家有關，畢竟是別校的八卦，他們不太感興趣，也不太清楚，沒有傳播的樂趣。但都清楚一點——石珊珊他爸吃軟飯。又因為一中最不敢得罪的那幾位對石珊珊的態度很糟糕，所以風向格外明顯。

紀茉沒被說什麼閒話，但左俊昊知道她被石珊珊打了，還是忍不住想去找她。紀茉攔住他，沒讓他去。兩人坐在無人的樓梯上，紀茉腿上擺著一本書，垂著頭，許久未說話。

一向聒噪的左俊昊，就那麼陪著她沉默。

她的頭髮擋住臉，手握著筆在書上輕輕一畫，筆尖和紙頁摩擦的聲音格外清晰。

左俊昊問：「為什麼攔我？」

「我已經打了。」她的聲音輕輕的。

左俊昊動唇要說什麼，忽見一滴晶瑩透明的水珠掉下來，落在她的書本上，把工整的印刷字體暈皺。

「妳沒事吧……」

「沒事。」

左俊昊稍作沉吟，「妳難過，是因為齊歡走了嗎？沒事的，等以後還是會有機會見面……」

「你不懂。」紀茉閉眼，頭垂得更低。

左俊昊看見她抬臂，左手摸上右手手腕，將衣袖撩開一些，底下藏著的手鏈繞在她手腕上。是齊歡送的，他知道。他記得那次撞見她弄丟，她晚飯也不吃，一直在小樹林裡找。紀茉摸著手鏈，一點一點握住自己的手腕，很用力很用力。她好像，好像一直只對齊歡的事有興趣，別的全無所謂。

腦海裡似乎閃過什麼，左俊昊僵了下，咽了咽喉：「妳……」

「齊歡是我最好的朋友。」紀茉哭得沒有聲音，每一根神經都在死死壓抑著，頭低得快要看不見，書本上的水珠卻不停在增加。

「我們都是女孩子，我知道……我都知道。」

角落響起蟲鳴，除此之外，一切都很安靜，連她的哭聲，都是平靜的，沒有半點波濤的形式。就在這一天，左俊昊想起了很久之前季冰調侃他的那句話，季冰說，他傷了那麼多小姑娘的心，總有一天會被小姑娘傷回來。當時他嗤之以鼻，後來也沒有放在心上。

但就在這刻，就在看見紀茉的眼淚的剎那，左俊昊突然覺得，這個調侃，似乎將要成真了。

※　※　※

日子平緩如溪流，不管期待還是害怕，高三還是如期而至。連向來活潑如猴的左俊昊他們也沒了搞事的時間，比從前安分許多。唯一讓人耿耿於懷的就是陳讓，經過高二這些亂七八糟的事，他比高一時還要更冷硬，一天裡難見他張三次口，越發惜字如金。原因出在哪裡，身邊的朋友心知肚明。

一開始，齊歡每週都會跟張友玉聯繫，後來頻率慢慢遞減，不知從什麼時候，澈底斷了聯絡。

齊歡不在，左俊昊他們最先也有些不習慣，後來逐漸習慣了，若不是有時會在街上碰到敏學的人，他們甚至都要生出錯覺，彷彿那只是個夢，其實這個人從來沒出現過。

但錯覺終究只是錯覺，誰都無法抹殺齊歡的存在。

陳讓開始喝甜的東西，每天一杯，有時是下午，有時是晚自習，塑膠杯身透出粉嫩嫩的顏色，靜靜立在他桌角。他不一定每回都能喝完，或剩一半，或剩三分之一，不管有沒有喝完，隔天照樣還是會買。

季冰私下嘆氣說：「陳讓不喜歡甜的，何必勉強自己。就算是……」每每說到這裡便停住，聽得左俊昊也跟著感慨，然後便接上剩下的話：「大概……他心裡太苦了吧。需要一點東西壓住。」

甜的東西是一個方面，更明顯的一點是，有時候走到一個地方，陳讓會下意識呆愣一瞬。他像是從某個時刻開始，完全沉浸在自己的世界裡，對外更加安靜，更加沉默。每當那種時候，他們都無法，也不忍心打擾。

而論壇裡，一中和敏學兩校曾經吵架的文章，搜尋關鍵字翻一翻也還能找到。文章裡的字句和陳讓改變的習慣，每一樣都證明著齊歡的存在。

陳讓的成績越來越好，比以前還要好，他像是在跟自己較勁，不停想要往前。左俊昊聽老師們討論說過，以陳讓這樣的狀態，如果保持到考大學時，只要正常發揮實力，絕對會有傲人的成績。

最後的一年裡，別的事情對陳讓來說都成了無關緊要的東西。唯獨讓他分出了一絲絲注意力的，大概只有石珊珊在高三上學期轉校離開禾城的事。和齊歡有關的痕跡越來越少，每一絲線索關聯，都顯得尤為可貴。左俊昊知道，陳讓手機裡還存了敏學那群人所有人的聯繫方式。為了什麼，不言而明。

一年的辛苦，在升學考之後全見分曉。那個暑假，一中成了禾城中學裡最大的贏家，陳讓拿下全城狀元，給自己在一中的三年交出了一份滿意的成績單，也讓學校大有面子。

左俊昊和季冰當然為他高興，然而當事人卻並沒有多少喜悅。成績出來那天，左俊昊和季冰找了陳讓好久，往常去的地方全找遍，最後翻牆進一中隔壁空蕩蕩的師範舊校園，才找到他。

陳讓坐在操場前的花壇邊，以前敏學在此暫居的時候，那裡是放紅榜木板的地方，晚自習前他們從門口走過，看到過很多次。

左俊昊和季冰遠遠站著，不知道該不該叫他。

陳讓坐著發呆，似乎在想什麼事。師範校園空蕩蕩的，他眼裡也空蕩蕩。就那一瞬間，身為近距離的旁觀者，左俊昊心裡突然湧上一種說不清的難過。

如果齊歡也在……

如果她也在，陳讓不會坐在那裡，不會孤身一人。

當晚，左俊昊和季冰把陳讓拉出去喝酒，誰都沒醉，他倆卻拚命插科打諢。晚上回去，左俊昊死纏爛打賴著要去陳讓家住。他沒什麼反應，只說了兩個字，「隨便。」

陳讓的家，高中三年裡，左俊昊來過，但沒有留宿過。頭一次過夜就霸占他的床，趴在他床上不走，死活不肯睡沙發。陳讓還是沉默，不生氣，無喜無怒。

睡到半夜，左俊昊恍然睜眼，睡眼矇矓間發現身邊空無一人。他坐起身，手撐著床，看見陳讓在陽臺上抽菸。他愣了愣，趿著拖鞋出去，站在陳讓旁邊。

「吹風？」

「……我夢到她哭了。」

文不對題的一句話，是陳讓當天主動說的第一句。萬籟俱寂，菸在他指間，閃爍明滅。

不記得後來是幾點睡的，也不記得那晚聊了什麼，左俊昊唯一有印象的，就是陳讓說那句話時臉上的表情。

第二天醒來，陳讓一切如常。左俊昊第一次吃到他做的早飯，知道他會下廚，但卻沒想到他的廚藝竟然這麼好。

吃早餐的時候，陳讓說：「我要去隔壁市，你吃完自己回去。」

左俊昊問：「去那幹嘛？」

「見我爺爺。」

「什麼時候回來？」

「不知道，可能直接待到大學開學。」陳讓喝了一勺粥，說，「等入學以後，我要開始幫我爺爺的忙。」

左俊昊一愣。

一頓早飯時間，不僅頭一次品嚐到陳讓的廚藝，同樣也頭一次知道他家裡真實的情況。高一時，左俊昊見過陳讓的爸爸，那個醉醺醺的模樣讓人印象深刻。但他不知道，陳讓的爺爺其實才是家裡的掌權人。他們家是經商的，知名品牌「華運」就是他家的產業。

陳讓還有個姑姑，一直在幫他爺爺，是個單身女強人，沒有結婚，沒有小孩。陳讓的爸爸讓他爺爺失望以後，很多事情就交給了他姑姑處理。他爸不中用，他爺爺和他姑姑自然都把希望寄託在他身上。

左俊昊回神：「可是你要讀大學……」

華運公司在他爺爺住的城市裡，陳讓的大學志願不在那。左俊昊和他的志願相同，考之前就打算好了，如果考不上，第二志願也是同一個地方的學校，這樣就不用分開了。

「視訊。」陳讓說，「先學。」

遠端參與，也是參與。

左俊昊忘了吃東西，舔唇，「你會吃不消吧？」一邊讀書一邊幫他爺爺的忙？光是想想都覺得太過辛苦。

陳讓很平靜，只有三個字：「吃得消。」

碗裡的粥喝乾淨，他放下湯匙，「吃完把碗放著，你回去吧。」他進房間換衣服。

左俊昊坐在桌邊，半天沒有反應。

吃得消，怎麼會吃得消……可是再吃不消，他也決定去做了。或許高二那一年，真的給他留下了太深的陰影，那道烏雲，過去幾百個日夜，仍舊停在他心上，消散不去。

左俊昊知道，陳讓已經受夠了。他在急著長大，急著向成人世界邁進，急著成為一個可以擔當一切的大人。

——為了不再無能為力。

離開陳讓家，左俊昊把季冰約出來，兩個人四處閒逛打發時間。晚上吃過飯，左俊昊不想回去，跟季冰去了他家，在他那過夜。季冰洗完澡，出來見左俊昊坐在凳子上玩手機，過去踹了他一腳。左俊昊沒反應，他剛張嘴要說話，左俊昊抬頭，表情沉沉。

「怎麼了？」他一愣。

左俊昊把手機翻轉對著他，他低眸一看，是論壇畫面——正是齊歡的那個「我超喜歡他」個版。這個自齊歡離開以後再沒有更新過的論壇版面，在時隔一年多以後的現在，多了一條新內容。有一個沒有大頭照，帳號名是一串無規則符號的人，在留言最後，回覆了一句話。

外頭的說話聲和談笑聲仍未停止，隔著老遠，隱隱約約能聽見些許模糊聲響。陳讓躺在房間床上，一動不動面對天花板。他爺爺幫他辦了一場慶祝宴，他爺爺的好友、生意夥伴，全都來了，吃完飯後幾個相熟的舊交被爺爺請回家，他們在外面客廳聊得停不下來，每五句話裡就有一句在誇他。

今天他是主角，姑姑笑得見牙不見眼，跟爺爺一起，整晚周旋於賓客之間。甚至他爸，在今天也流露出和以往不同的神色。喝了酒沒有變得癲狂，反而紅了眼睛，在角落獨自沉默許久。

他也喝了點酒，臉泛紅，他爺爺讓他回房先休息。

沒有開燈，屋裡黑漆漆一片，陳讓把手機放在臉上，不多時，螢幕也變熱了。他轉頭，動了動，手機掉落在床上。

窗外月明星稀，有蟬蟲在鳴。

落在被單上的手機，螢幕是黑的，點亮打開後，便是藍的。

也許是因為酒精，也許是因為這一年多來積壓得太久，陳讓今夜像是著了魔，把所有她發的訊息通通看了一遍。最後，又點進了那個許久不去的論壇，從頭看到尾。他註冊了一個帳號，第一次使用這些，連名字都是亂按的。

在那個早已無人更新的文章裡，他瞇著醉眼，隔著長長的幾百天時光，給那時候的她回了一句話。

可惜一切都太遲了，她留下那麼多洶湧心事，他卻只在這時候，才遲來的留下一則。

有些話早就該說的。

她說第一次見到他，覺得他很特別。

她說想跟他在一起，過每一個生日，每一天，過很久很久。

她說她好喜歡，好喜歡他。

如果來得及該多好，再來一次，回覆在論壇裡的那句話，他一定會親口告訴她——

「好巧，我也是。」

第十一章　我的夢裡有你

飛機穿行，機尾劃破雲層留下長痕，滾輪滑過跑道，最後穩穩停在停機坪上。機場大廳內，航班到達的通知女聲機械而平穩。作為全城最大的機場，這裡客流量大，來往都是匆匆旅客。

齊歡下飛機後，在門口等了不到十分鐘，一輛車緩緩停在面前。她略顯猶豫，腳下不自覺僵了兩秒。車窗降下來，裡面那張熟悉的臉稍有改變，但還是留有記憶裡的痕跡。

距離離開的那年，已經過去了五年多。

「上來啊，還愣著幹什麼？」莊慕挑眉。

他的聲音更厚重了些，齊歡回神，揚唇淺笑，拉開副駕駛座的門坐進車內。她繫好安全帶，車駛動，開離機場。莊慕邊開車邊遞給她一瓶水，齊歡接過，轉開瓶蓋喝了幾口。

「妳怎麼瘦成這樣？」他瞥了眼，吐槽。

「瘦嗎？」齊歡沒覺得，「我感覺還好。」

他問：「在外面吃不慣？」

齊歡說有點，「不過我會去亞洲超市買食材，後來都是自己做飯吃。」

莊慕「嗯」了聲，說起其他人：「本來張友玉他們都要來的，臨時有事抽不開身，等都有空了必須出來好好聚一回。妳不知道，他們聽說妳回來時有多激動，張友玉那瘋婆子在電話那頭叫得快把我耳膜刺破了。」

他的敘述很有畫面感，閉上眼想想，彷彿還能看到張友玉誇張的模樣。齊歡問：「她還好嗎？」頓了頓，「……你們都還好吧？」

一別數年，這些年月裡，除了她剛離開的那一年，後來和這幫朋友徹底斷了聯繫。這次回來，還是她找到敏學校園官網，聯繫上還沒退休的在任老師，翻當年的畢業檔案，才輾轉找到了他們的電話號碼。齊歡打給了莊慕，在電話裡不太方便久聊，沒能說多少，但聽到她說要回國，莊慕二話不說，直接問了日期便攬下來接她的任務。正巧莊慕最近回老家有事，就在城裡。

莊慕道：「我們都還好，就那樣吧。我今年在我爸公司實習，很煩。」

齊歡說：「煩不煩的，莊叔叔都是為你好。」

他笑笑沒多說。接著這個話題往下聊，勢必要戳她心窩。他們認識多年，父輩也是好友，他爸時不時打電話訓斥他，偶爾回家還揪著他跟他較勁，齊歡卻連父親的面也好久沒見了。他在她面前抱怨這些，顯得矯情。

莊慕介紹其他幾個人的情況：「張友玉天天挨家裡的罵，不想回家裡幫忙，天天混日子，她爸天天催，讓她回去相親，把她嚇得跟老鼠似的，一看到家裡來的電話就抱頭鼠竄。」

「嚴書龍自己在創業，從大二就開始弄了，已經開到第三家店了，他爸說他這次要是再賠，就讓他滾到街上去要飯。」

齊歡聽得發笑，莊慕繼續道：「鄭嘯那傢伙挺出人意料，學測的時候竟然考的還不錯，那個暑假，他爸樂得擺了三天酒席。現在也在跟著他爸幫忙。」

說了這麼多，莊慕問起她，無法避免還是談到那個話題：「妳這麼多年沒見齊叔叔，想他吧？」

「嗯，挺想他。」齊歡比他想得還要堅強，當初哭得慘兮兮的樣子，早成了過眼雲煙，她說，「我有打國際電話，但是不太方便，也就只有幾次。」

沒多說其他，莊慕也不好追問他們父女的私事，而後猶豫地開口：「那個女人……」

「我離開大學之前和她通過電話，沒講幾句，她知道我退學後就沒有再匯錢給我過，我和她也沒聯繫過了。」

「他們很早就從禾城搬走了。」莊慕說。他高三那年，方秋蘅就和那對父女離開了禾城，原先齊家的房產，除了被封的，其它兩處則被轉售，至於別的東西，就只有他爸那些大人才知道。

不過也沒走很遠，他爸做生意四處奔波，還曾碰上過兩次，回來說起又是一通罵，翻來覆去地唾：「姓石的也會做生意？呸！老齊打下的產業都快被他們敗光了，狗男女，天打雷劈……」

「嗯。」齊歡面色平平，聽到這個意料之中的消息，並未有多餘情緒。

車開著，氣氛莫名僵滯，莊慕只好換話題，「等一下齊叔叔看到妳，肯定會很高興。」

他們正在往城郊監獄去，齊歡回國的第一站是禾城，但第一面，想見的並不是莊慕，而是她爸。

齊歡臉上柔和下來，眼裡也有期待。

聊了一會兒，莊慕不再說話，放音樂打發時間。到了目的地，他們父女倆見面，莊慕沒跟進去湊熱鬧。等齊歡出來，眼睛微紅，明顯哭過。再經歷世事，終究有觸動心底的東西，如今的她褪去莽撞，然而沉穩歸沉穩，面對久別的親人，還是像個孩子。

莊慕很體貼地沒有提齊參，驅車返程。路上，他問齊歡要吃什麼，說起市區有名的餐廳。聊著聊著，忽然一頓，「妳……打算什麼時候見陳讓。」

齊歡滯了一瞬，神色變得沒那麼輕鬆。車裡安靜下來，許久，她低頭，微微彎唇，「最近可能沒時間，今天晚上我就得趕去平城。」

「平城？」

「嗯，這次是接了工作回來的，很重要的專案。」齊歡晃晃手機，「光這一路，我就收到二十多則訊息催我。」

莊慕這才想起來問：「妳大學讀的是什麼科系？現在的工作是？」

齊歡說：「我沒讀完大學，大學第二年我就離開了那所學校。」野雞學校，拿到了文憑也毫無用處。出去了才知道生活有多不容易，方秋蘅每個月只給她基本的生活費。剛到外面第一年，她最怕的就是生病，一旦生病，看病吃藥，口袋裡連銅板都得掏完。為了生計，她只能一邊讀書一邊出去打工賺錢，時間一份掰成十份來用，忙得腳不沾地，連喘氣的空檔都沒有。原本和張友玉保持聯繫，後來手機被偷，所有東西丟乾淨，她又忙著奔波過日子，這才斷了聯繫。

大二那，齊歡遇上如今帶她的老師，毅然決然選擇離開學校。

「大二？」

她說是，「學業沒修完，我中途去學了擬音。」

「擬音？」莊慕更愣。

她點頭，「就是幫電影配聲音。」

好的擬音師，放眼全球數量也不多，這是一個正在逐漸壯大的新興行業。這次回來，國內有部片子花大價錢請她——是部文藝片，在資本雄厚的娛樂業，算不上多大投資，但請她的價錢，卻是誠意滿滿。現在不過剛開始準備，整個組才到拍攝地，演員都沒就位，片方那邊就一直不停催她，要她早早開始全程跟組。拿錢辦事，各行各業都有規矩，她當然得配合。

莊慕消化了資訊，車開到吃飯的地方，落座後繼續問：「那妳忙完之後去國外，還是……」

的，真的想見他。

「以後留在國內。」她說。

莊慕問：「那妳打算什麼時候見陳讓？」

她沉吟幾秒，說：「等到了工作的地方，確定下來，我會去找他。」

她沒問陳讓在哪，也沒問他現在在幹什麼，只說，我會去找他。

莊慕原本以為她說等忙完工作再找陳讓是藉口，這麼看來，她卻是真的有在考慮這件事，也是真的，真的想見他。

一餐飯畢，齊歡去趕飛機，行李就在莊慕車的後行李箱裡，一直沒拿出來。到機場，臨走前莊慕遞了張紙條給她，「這是陳讓的電話。」

齊歡接過，握在掌心裡，對他笑，「謝謝。」

經過一番短程飛行，很快到達平城。劇組招待周全，有人來機場外接應，齊歡上車，直奔入住的飯店。拍攝場地比較偏僻，整個組都住在稍遠的地方，方便取景。到的時候已經是晚上十點，齊歡剛進房間放下東西，有人來敲門。開門一看，是劇組的負責人員。

「……有什麼事？」

戴著工作牌的工作人員說：「製片人他們在樓上六〇六開會，齊小姐準備一下現在過去吧。」

「我也要去？」齊歡一愣。

門外的人點頭：「對。」

她無奈，「稍等，我馬上來。」

回房整理儀容，戴上下車時發給她的證件牌，搭乘電梯到樓上六〇六，敲門後，一個穿正裝的工作人員幫她開門，帶著她往裡走。偌大一間豪華套房，中間置了張長桌，桌邊已經坐著幾個人。她向在座的幾位點頭致意，到放著自己名字立牌的位子坐下。對面那位大概是編劇之一，看了眼齊歡脖子上掛的牌子，用英文和她說話。

她笑答：「我是本國人，和我說中文就行。」

編劇一聽也笑了，「我還以為齊小姐是生在國外的華人。」而後，同和齊歡聊起擬音配音的事。

齊歡和她說著，端杯子喝水時手不小心碰到旁邊的透明立牌，慌忙扶起，擺正後順手拿著看了看：「華……」

一個「華」字，後面是個潦草的字母，對面的編劇替她接上：「華運。」

「華運？」齊歡想起進飯店的時候，門上的標誌和這個透明立牌上的一模一樣。

「華運就是我們的投資方。」那位編劇說，「俞城的地方品牌，這幾年做大的……擴張得很快。」

「俞城？」齊歡抬眸，「我就是隔壁禾城人。」

編劇道：「是麼？那很巧，也算是齊小姐家鄉的品牌。」

齊歡拿著看了會兒，無言放下。

等了很久，人陸續來齊，主座的位置卻一直空著。有人推門進來，和接待的人不知說了什麼，接待的那位轉告在座：「投資方那邊要慢一點，來的路上耽擱了，各位再稍等。」

一群人只能繼續等。時間漸晚，又坐得太久，眾人不知不覺都有些鬆散，各自聊起天。齊歡和對面的編劇說了會兒話就獨自沉默，發呆許久，百無聊賴地從口袋裡掏出白天莊慕給她的那個電話號碼。把紙攤平用手指壓在桌上，她盯著看。

出神間，門突然打開，一桌人看向門口，齊歡也隨之抬頭。一行人走進來，看清的剎那，她驀地呆住，手怔然離開桌面。下一秒，旁邊一聲輕呼，伴隨著淋到腿上的涼意，她猛地往後縮。旁邊坐的女士連說對不起，齊歡放在桌上那張寫有電話號碼的紙，被她不小心打翻杯子潑出的水沖到地上。

齊歡低頭剛要去撿，旁邊多了一雙鞋。身姿挺拔、氣宇軒昂的男人停在她的椅子旁，俯身撿起那張半濕的紙條，略略看了眼，冷淡眉間沒有多少情緒。

齊歡的臉莫名發熱，手心開始沁汗。他把紙遞還給她，那雙眼睛深如墨潭：「如果是重要的東西，記得要收好。」

語畢，他往主座行去，身後跟著一堆人。和在座一干負責人相比，那張臉顯得格外年輕，眼角眉梢有一種中年人沒有的凌厲銳氣。齊歡愣了幾秒，紙濕噠噠躺在她手心，桌上陸續上茶，她才回神。

人到齊，所有人都在，研討會正式開始。工作人員端來最後一杯熱茶，置於主座面前，同時放上一個立牌。

簡潔的金黃色鐵牌上，「華運總經理」後，刻著兩個字——陳讓。

開在夜半深更的會議，不到一個小時就結束了。一桌與會人員陸續離開，幾個身負要務的留下和陳讓談了一會兒，沒多久也告辭。

工作人員把長桌上的茶水收拾淨，門關上，套房內陷入寧靜。玻璃牆外夜幕不見星子，黑沉沉一片。陳讓在客廳沙發上坐著，這幾天馬不停蹄，尤其為了這個會議飛行幾個小時，剛到便立刻乘車趕來，他臉上卻不見一絲疲倦。

左俊昊從小吧臺端來兩杯沖好的熱飲，在他對面坐下。陳讓喝了一口，皺眉：「什麼東西？」

「大晚上就別喝咖啡了，這都幾點，再喝你晚上還睡不睡。」左俊昊借著杯沿遮掩，暗暗翻白眼。

陳讓沒多言，但也沒聽他的，將只喝了一口的熱飲放回茶几上。明明到了該睡覺的時間，陳讓卻沒有半點要休息的意思，坐到桌後看起了文件。

左俊昊道：「你不休息啊？」

桌後的人看都不看他，他又道：「明天不打算去找齊歡？」

簡單的一句話，令那個面容沉靜的人一刹停頓。左俊昊心裡冷哼，我還治不了你了？認識這麼多年，陳讓的命門在哪，沒有人比他更清楚。

如果是以前，左俊昊是絕對不敢提這個事情，但今時不同往日。

「你費這麼大的功夫打聽她的去向，又兜兜轉轉繞大圈子請她回來，不好好休養生息明天帥她一臉，熬夜上進什麼，缺你這會兒功夫？」左俊昊終於能大力吐槽，別提有多痛快。

陳讓從文件裡抬眸，淡淡瞥他：「實習生閉嘴。」

「……」左俊昊不服，「我轉正了好嘛！」

陳讓扯嘴角，意味不明。

讀大學的時候，陳讓就開始幫他爺爺的忙，算起來已經四個年頭。練手這麼多年，到了就業的時候直接往內部一戳，一步到位。左俊昊跟這個異於常人的當然不能比。今年實習，本著肥水不落外人田的精神，毫不客氣地往陳讓身邊湊，一來就當上了總經理助理——雖然這名頭後還有「之一」兩個字。

左俊昊當然不指望靠著這個過活，將來也是要去開創自己的事業，但在實習階段，這簡直就是躺著吃經驗，履歷表輕輕鬆鬆就能添一筆亮眼資歷，不要太爽。

「行了行了，我勸你，真的，趕緊把文件收了吧！什麼時候不能看啊？你弄出這麼個莫名其妙的專案，還跑來負責，別人不知道我還不了解你？都幾點了，趕緊睡個養顏覺才是真的，不然，你腆著張勞累過度皺巴巴的臉，看齊歡還理不理你。」左俊昊好久沒有這麼放飛的吐槽了，一說就停不下來。

陳讓嫌他聒噪，直接下逐客令：「你沒事就出去。」

左俊昊往沙發上一歪，賴著不走：「欸，你明天打算什麼時候去找她？等明天見了面，我可得好好跟她說說，剛剛她都沒正眼看我，太不念舊情了。」

要是季冰在，鐵定要吐槽，看見了陳讓，齊歡哪還有心思看他。

陳讓迫人於無形的視線落到他身上，「我們的事，關你什麼事？」

左俊昊嘀咕：「聊兩句也不行。」清清嗓子，他沒話找話，「你剛剛幫她撿的，就那個掉地上的是什麼？」

「門在那邊，你可以出去了。」

「別這樣！說實話，你是不是很緊張？開心嗎？」左俊昊本是想開玩笑調侃兩句，誰知等了半天也沒等到陳讓回答。

陳讓坐在辦公桌後，沒有回應，眼睛看著文件，目光卻沒有焦點。氣氛隨著點滴時間沉澱下來，左俊昊唇邊的笑意漸漸收了。陳讓仍舊看著文件，過了十幾秒，臉上終於有了表情。那雙眉頭微擰，和抿緊的唇角一樣，莫名深重。

緊張嗎？開心嗎？

——他寂然相對，無聲默認。

※　※　※

到劇組的第一天，第一場會議就讓齊歡失了神。齊歡也不知道自己是怎麼開完那場會議的，散會時和一眾將要工作幾個月的同事離開六〇六套房，腳下好似踩著綿軟雲團。

陳讓和她在同一個飯店，就在她樓上的豪華套房裡住著。弄濕的紙條待在她口袋裡，當晚，她仰躺對著天花板，拿著那張紙看了很久。

第二天七點鐘她就醒了，說不清、道不明，就是睡不著。洗漱後叫早餐吃，吃完便出去熟悉環境。人多的地方就有八卦，更何況是從事娛樂業的人。十一點多時，齊歡在休息間待著，聽到外邊湊在一起的工作人員聊八卦，陳讓的名字接二連三傳進她的耳中。聽起來是一群女工作人員，年紀稍微輕一些的，不由得對陳讓的外貌和條件進行評價，言語中不乏花癡之意，然而卻被年紀大的前輩教訓。

「哪有妳想的那麼好，妳以為是拍電視呢，偶像劇看多了？那個陳總他才多大，今年不過剛畢業，前幾年還在讀大學，妳真的相信華運這幾年的進步有他的手筆？」過來人道：「別傻了，妳幹娛樂圈這行的，還這麼天真？造勢懂不懂？多簡單的事還看不明白，肯定是華運的人為了給他樹立威信，方便他以後管事，才放這些消息出來。他一個二十多歲的年輕人哪有這種本事！」

年輕的幾個女工作人員就著這個話題議論，有人說：「就算這樣，那也不錯了，他家世好，有前景，長得也不賴……」

年長的不以為然：「華運是不錯，但也沒到值得咂舌的份上，這個圈裡最不缺的就是這個總、那個總，大老闆見得少了？大驚小怪什麼。」

幾人議論不止。

一上午，大概是陳讓昨晚剛到的原因，齊歡從很多地方聽到了有關他的八卦，拼湊起來，能得知大概的境況。吃過午飯，齊歡收了別的心思，隨一起工作的人去了工作間。配音屬於後製的一部分，拍攝期間，尤其是像如今這樣拍攝準備階段，其實根本沒他們什麼事，很是清閒。片方準備的這個工作間，說是給她練習用，讓她跟組期間可以多注意拍攝環境，邊練邊準備著。

工作間隔絕了外界噪音，特別安靜，兩旁靠牆的架子上擺滿了白色塑膠盒，放著各式各樣意想不到且毫無關聯的道具，有的單獨拿出來看根本就是沒有要的破銅爛鐵。

今天用來練習的幾個影片片段比較簡單，齊歡坐著操作，盯著螢幕專注而認真。不大的工作間裡，只有她手中道具發出的聲響。玻璃後的剪輯師操作儀器，將聲音錄下保存，一段配完，便當場合成，和齊歡分別在工作間裡外，檢查最終效果。就像以往千百次練習一樣，成品很好。

齊歡配了三段，正在為第四段影片準備道具時，門響了。她在裡面，不留意是聽不到的，當下正專注準備道具，便沒注意到剪輯師離座去開門。齊歡把東西準備齊全，回頭要向剪輯師示意開始，誰知一轉頭，一個人站在後面，猝不及防嚇得一跳，倒吸一口氣，「你——」

陳讓看著她，對視兩秒，不客氣地在她的長凳上坐下。齊歡回頭看玻璃後，剪輯師笑得尷尬又僵硬，而後低頭假裝並不知道面前的情況。

剛剛開門看到身後跟著一堆人的陳讓站在外面，剪輯師差點嚇死。隨行的工作人員說，這位投資的陳總來巡視各組的工作進展——他們配音是後製，片子都還沒拍，有他們什麼事？怎麼想也想不通為什麼會跑到他們這來。但這話他哪能說出口。現在，那位投資方把工作人員都打發了，進到前面配音的地方也不知道想幹什麼，這詭異的情況，他除了假裝沒看到，實在也不知道該怎麼辦才好。

「站著幹什麼？」陳讓朝齊歡發問。

齊歡看他那一臉理所當然，才是真的想問他要幹什麼。話沒出口，後面剪輯師已經開始播放影片。陳讓動唇似是要說話，螢幕內容開始變幻，齊歡以手抵唇示意他噤聲。

——工作習慣造就的下意識反應，比思考更迅速。

做完動作，齊歡自己頓了一瞬，陳讓倒是沒作它想，很配合地閉嘴。當下，也顧不上別的，齊歡坐到位置上，視線回到螢幕，陸續拿起擺在地上的幾樣道具，製造出影片內容所需的聲音。齊歡投入工作，態度專業，技術更專業。陳讓靜靜看著，注視螢幕，更多的是在注意她。

螢幕裡的光影投射到她眼裡，那細微一團光亮堅毅而明晰。和從前相比，她變得更沉穩，更成熟，是個經歷過考驗後成長起來的大人，但有些東西，從來沒變，也沒消失。

就像很久以前，她看什麼都是燦爛帶笑的模樣，而那時候的光，此刻仍然蘊存在她的眼裡。

陳讓用餘光瞥見和她之間的距離，他們坐著同一張長凳，相隔不算遠，但也不近。齊歡配完一段聲音，陳讓說話了。

「剛剛那個腳踩在雪上的聲音，是用這個弄出來的？」他看著她手裡特殊的小道具。

「……嗯。」齊歡輕點了點頭。

「用這個，所有的腳步聲都可以配嗎？」

「不能，要看畫面內容，不同的場景，不同的天氣，甚至踩的泥不一樣，聲音也都是不同的。根據這些因素，要製造的聲音也會有所不同。」

「是這樣？那……」

莫名地，兩個人你一句、我一句，聊起了齊歡的工作。談話間有人送來一袋沙子，東西太重，齊歡搬不動，剪輯師幫忙拎進來，倒進用木板臨時搭的小圓池裡。

才倒了一點，齊歡喊停：「這個不能用。」

剪輯師抬頭：「不行嗎？」

「不行。」她搖頭，在小池邊蹲下，手裡拈起一撮沙，皺眉，「這個太細了，不是那個聲音。」

「差一點點應該沒關係……」

「不一樣。」齊歡堅持，「不用倒了，讓他們拿回去吧。今天要是沒有顆粒稍微大一點的沙子也沒關係，可以先配其他道具充足的。」好在只是練習，並不是正式工作。

剪輯師沒多言，把沙袋重新拎出去。

整個過程，陳讓坐在凳子上沒動，看她和剪輯師討論道具，討論效果，看她為了自己的工作忙碌。

就在這個小工作間裡，就在他面前。

齊歡心裡其實是緊張的，從前一晚看到陳讓開始，直至今天這一刻，她都沒能真正平靜。怎麼可能平靜得了？然而工作時間，她不能沒有職業道德，同時也想借著專注其它事，來平復不安的脈搏，能讓自己稍稍平靜一些。

齊歡繼續後面的配音，她和陳讓相隔半肩距離坐著，盡可能板著臉，視線規規矩矩盯住螢幕，絲毫不往他那邊看。正好配到一部經典愛情電影的經典片段，畫面裡兩位金髮碧眼的主角說完臺詞，在月色下相擁親吻。

齊歡把握節奏，製造出親吻的音效，唇角微抿。

漫長的擁吻還沒結束，在她配音過程中一直很安靜不曾發出任何聲響干擾她的陳讓，忽然說：「這個愛情片——」

齊歡沒想到他會出聲，一怔。

「是愛情嗎？」他說，「我覺得不像。」

齊歡沒反應過來，下一秒，一隻大掌扣住她的後腦。

陳讓突然側身親上她的唇，兩唇相觸，很快變成炙熱深吻。

全身血液一剎湧向頭頂，怔住的齊歡臉唰地燒起來，臉上皮膚灼灼熱得甚至有些痛，她的腰被他攬住，屬於他身上的男性氣息包圍，她背脊僵直，頭皮也發麻。

玻璃後的剪輯師頭低得快埋進桌子裡了，從沒有如此痛恨過自己——為什麼這麼熱愛工作！為什麼這麼敬業守在崗位上！要是今天晚點起床曠工該有多好……

許久，陳讓結束親吻，卻不曾鬆開鉗制她腰身的手，那雙眼睛長睫低斂，一瞬也不順地看著她。

「這才是。」

高中二年級的齊歡，一往無前。

彼時他沉悶厭世，她教他什麼是愛情，他聽了信了，從那時一直信到現在。

今後，也將永遠相信。

陳讓放開齊歡，臉上一派淡定，和她猝不及防將呆怔寫在臉上的樣子截然相反。一個小工作間裡，兩個在這工作的人都被嚇到，反觀陳讓這個打擾別人工作的不速之客，倒是很沉得住氣。

齊歡抿住微腫的嘴唇，無言憋紅了臉。剪輯師就在玻璃後面，之後一段時間他們要天天共事，經歷這麼一齣，想想都覺得尷尬。

「怎麼，會疼？」陳讓眉梢輕挑，「我沒咬妳。」

「你……」齊歡瞅著他，忍不住質問，「你進來幹嘛！」脈搏慌亂沒有章法，心砰砰亂跳，久違的感覺。螢幕上的影片放到哪了，她全無頭緒。

好不容易佯裝好的平靜，就這麼被他破壞。他總是這樣，總是能輕而易舉就讓她失態。

陳讓答得半點不臉紅：「我來看看妳們工作。」

齊歡忍不住想呸他，這一臉冠冕堂皇，是怎麼好意思說出口的？

他視線微微下移，齊歡見他盯著自己的嘴唇看，警惕起來，「你不要再……」

恰時手機鈴聲響，她噤聲。陳讓瞥了她一眼，接起電話。大概是公事，他和那邊說了幾句，收起手機，「我有點事，開完會來找妳。」說罷忽地湊近，在她唇上啄了一口。

他瀟灑離去，徒留齊歡在凳子上悶坐。

許久，感受到玻璃後剪輯師投遞而來的探尋視線，她尷尬地別開臉。

因為陳讓這個插曲，午後短短幾個小時，對配音工作間裡的兩人來說，過得可謂是意外的豐富多彩。好不容易撇開其它，齊歡忙到四點多，和剪輯師互相放過，各自去休息。她找了個安靜無人的休息間待著，喝完水，接到張友玉的電話。

張友玉還是和以前一樣大嗓門，語氣和音調都和舊時無異，絲毫沒有生疏感。齊歡心裡那一絲絲因為闊別而產生的陌生，幾句話下來就被沖淡了。熟悉的人依舊熟悉，改變的，彷彿只有時間。

齊歡今天已經收工，沒有事情要忙，悠哉和她閒談。張友玉說了自己的現狀，又問清齊歡的狀況，直到口乾舌燥。對於齊歡現在的職業，張友玉反應比莊慕更大些，頗感興趣地問了好多問題。最後兜兜轉轉，還是和莊慕一樣，問到了陳讓身上：『妳和陳讓打算怎麼辦？』

和莊慕吃飯的時候，齊歡想著安定下來就找時間聯繫他，但經過今天，她笑得無奈：「我本來想找他，但是現在好像不用了。」

張友玉誇張地吸了口氣，以為發生了什麼了不得的事情，齊歡闡明當下情況，才讓她平靜下來。

『妳們也太有緣了吧？這都能遇上！』張友玉感慨。

「我也不知道……」齊歡笑，不曉得說什麼才好。當然，方才工作間的那件事，她沒告訴張友玉。

『那妳打算怎麼辦？』張友玉在那頭問，『陳讓和妳離得這麼近，妳和他……妳打算怎麼辦？』

齊歡默了默。

那邊不停追問：『妳還喜歡他嗎？或者，妳還想不想和他繼續？』

齊歡略有悵然，下意識複述：「還想不想和陳讓繼續啊……」

左俊昊一直打量著陳讓的臉色，試圖從他臉上看出什麼。然而陳讓一如既往，面色沉穩。他離門邊只有三步之遙，邁過門檻，齊歡就在裡面，左俊昊跟在他身後，齊歡沒發現他們在外面，專注聊著電話。

方才開了個小會，短暫的工作處理完，陳讓就馬不停蹄跑來找齊歡。路上遇到這個組裡的人，似乎是齊歡的同事，看到他們時雖然表情奇怪，但還是給他們指路，告知了齊歡的去向。

原本要進去的，卻聽到裡面傳來說話的聲音，他們便停住腳站在了這。

齊歡那句，「還想不想和陳讓繼續」，隔著未關的門，他們聽得一清二楚，那悵然語氣中，若有似無帶著一絲自我質問。

靜默間，左俊昊心都提了起來。可惜沒能聽到後面的，沒等齊歡再說什麼，就聽她「啊」地驚叫了聲，「有蟲子……」

而後裡頭傳來她驚呼飛蟲有多大，似是捲了疊報紙手忙腳亂拍蟲子。待蟲子解決，話題也換了一個，先前那個問題，並沒能聽到她回答。

齊歡收到陳讓訊息的時候，已是傍晚，她準備去吃晚飯，看清訊息內容，稍作猶豫，最後還是依訊息裡所言，到飯店大門處等他。

陳讓開車停在路邊，降下車窗，「上來。」

她問：「去哪？」

他沒答，反問：「怕我把妳賣了？」

「……」齊歡默默拉開車門，坐進副駕駛座。

車一路往市區開，或許是太累，和他二人單獨在車裡相處的情況，氣氛本該緊張，但她竟不知不覺睡了過去。車停在一家看起來頗有格調的餐廳前，全程小憩的齊歡睜開眼：「吃飯？」

陳讓點頭。

她道：「組裡有飯吃……」

「不喜歡。」

她奇怪：「不難吃啊。」

陳讓說：「不夠辣。」

「你不是不喜歡吃辣？」

他看向她，「現在喜歡了。」

進去坐下，服務生引路將他們帶到二樓的包廂。齊歡落座後不甚自在，陳讓瞧著她不安分的姿態，淡淡蹙眉，「妳幹嘛？」

「那什麼……」她說不出所以然來。

陳讓注視她幾秒，「怕我？」

齊歡頓了頓，和他對視，「……沒有。」

「那就好好坐著，好好吃。」他斂眸，沒有更多言語。

菜陸續上桌，飯畢，陳讓帶齊歡出去，卻沒直接回去，開車到距離餐廳二十分鐘的廣場。停好車，徒步往廣場中心走。兩人坐在廣場上的石凳上，夜幕垂垂，穹頂暗色最濃，星點和月鉤兒的光芒也最盛。那夜色蔓延到天際，顏色就淡了許多。

這樣的場合，很適合談話，正好原本也打算要電話聯繫他的。齊歡稍作醞釀，起了個頭：「你有沒有什麼話要對我說？」

「沒有。」陳讓回答的很乾脆。

齊歡側目，「沒什麼要問的？」

「這個倒有。」

齊歡等他發問，關於各方面，都做好了準備。不想，他開口卻是問：「嘴唇疼嗎？」

她頓住，下午在工作間的那個吻浮上腦海。臉不禁微熱，用他的話回他：「你又沒咬……」

「那咬了的呢？」

她一瞬啞言。

陳讓平和的眸光，像是在引導著她，帶她回憶。就像事情只發生在昨天，那個午夜街道，他站在路口咬破了她的嘴唇。她哭著說會記得，以後一定會把那一個小傷口還給他。

倏而五年，前一瞬他們分開，這一刻，並排坐在同一個位置上，須臾時光快如奔騰長河，拍馬也難及。

眼前是行人絡繹的廣場，前一個節日的裝飾還掛在路燈燈柱和樹上，彩色燈泡亮著，離得遠些看起來頗有銀花火樹之意。

陳讓的聲音就著夜風：「別的東西我不問。妳別胡思亂想，也別隨便做決定。」他對上齊歡的眼睛，「我知道妳心裡有我。」

齊歡怔了怔，回過神微低頭，「這麼自戀……」

他勾了勾唇，很短暫的一瞬：「妳只是沒寫在臉上，但都寫在眼睛裡。」

言畢，陳讓站起身，「走吧。」往前走了幾步，他回頭，朝她伸手。

齊歡沒動，他挑眉，「要不然我找張衛生紙包起手，妳再握？」

時間變幻，場景改變，人還是一樣的人，只是位置變了。曾經主動的是她，耍賴蹲在地上不肯走，用袖子包住手也要他拉她。如今，他開始嘗試著，去做從前沒做過的那些事。

五年改變了很多東西，回去禾城，城市翻新，一大半都和他們讀書時不一樣，但就算如此，也並不足以將所有東西都變得面目全非。

分開會有陌生感，一時難以適應，這很正常。

五年很長，但也不算太長，現在他們都在。

不遠處升起天燈，澄黃盞盞，緩緩飛向天際，和家長手牽手的小孩們看見，雀躍起來。

齊歡握住陳讓的手，沒有讓他等太久。陳讓拉她站起後就收手，又被她拽住。夜色下，齊歡一本正經叫他的名字：「陳讓。」

「……嗯？」

「五年很長對吧。」她語調平平，眉目籠著一層淺黃燈影，「在外面的日子，一開始我每天都算著時間過的。」

他聽著她的話，面色慢慢沉下來。

「那時候覺得難熬，現在站在這裡，回頭想想就也還好。」齊歡的聲音輕淡，但沉穩有力，她抬眸直視他，「別的不多說，我只告訴你，從回來的那天起，我就沒打算過要躲你。」

掌心和他相握的熱意似乎更甚了些。

「這個專案需要幾個月，我不胡思亂想，也不隨便做什麼決定。」她說，「那個時候我走得太倉促，現在有足夠的時間，感情這件事，我們好好談。」

回了飯店，陳讓一路跟齊歡到她房門口，她輸密碼時見他還不走，不由一怔，「你幹嘛？」

「喝杯茶。」

「我房間沒茶，這麼晚了，你……」

她一邊說，門「嘀」地一聲開了，陳讓沒給她聒噪的機會。

門在身後被甩上，齊歡踉蹌兩步，背抵著牆剛站穩，他熾熱呼吸就覆下來。被圈在牆邊動彈不得，腦後被他的大掌扣著，被動仰頭承受他的奪掠。齊歡手被箝制著，微皺眉頭，只能從喉嚨發出吱唔聲。陳讓單手攬住她的腰將她托起，她下意識驚呼，嘴唇被咬得吃痛，背靠著牆身體懸空著，不得不纏住他腰身，依託在他身上。

從門後直至沙發上，親吻長達五分鐘，陳讓嫌領帶礙事，單手拆了扔在地上，途中亦沒有放過她。好不容易結束，齊歡仰躺著，背後是軟綿的沙發，視野裡是白色的天花板，喘息急促難平。

陳讓拿開她擋在他胸膛前的手，壓著她，「欠妳的生日禮物，補給妳。」

齊歡滿臉緋紅，佯怒瞪他：「誰要你親幾分鐘當生日禮……」

話沒說完，他再次俯首，她的不滿湮沒在唇齒間。

這一次，比第一個吻還長，足足二十分鐘，齊歡差點斷氣，又急又氣，曲腿踢他。

陳讓壓住她的膝蓋，淡然看著身下她頭髮微亂，有些靡豔的模樣，一本正經道：「四乘五，二十分鐘正好。」不用看扔在茶几上的手機，他算的時間應該不會錯。

五年五個生日，一次五分鐘，總共二十五分鐘……他怎麼不按個碼表計時！

齊歡踹不了他，只能怒目：「我今年生日還沒過！」

「哦。」陳讓很鎮定，「提前送妳，不用客氣。」

他一副「妳撿到大便宜」的表情，氣得齊歡想打人。

齊歡奮力把陳讓推開，起身盤腿坐好，和他面對面。手裡扯好凌亂衣襟，她道：「你進也進來了，坐也坐了，我房間裡沒茶，該回去了吧？」

她臉上那一絲絲彆扭，陳讓直接忽略，往沙發背一靠，穩當自如，還反問：「不留我？」

「……」留你幹嘛？齊歡心下暗暗吐槽。對他如此外放的轉變，她一時有些習慣不來。

「妳臉好紅。」

「還不是你——」齊歡氣他有臉說。

陳讓睨她：「親一下，反應這麼大？」

就算是以前，他親她，她也會燒成一團火球，更何況是他剛剛那架勢。齊歡憋了半天，憋出一句：

「你不要臉！」

「說的好像妳以前沒親過我。」陳讓眉眼神態懶散，安然受了她的指責，「再說，妳第一天認識我？」

他還是那樣清淡無謂的表情，還是那樣淺淡自如的氣質，但一開口，說的每個字都讓她啞然無言。這幾年裡，別的他長沒長進不知道，氣死人這方面，倒是日漸精益，進步得肉眼可見。齊歡說不過他，好一翻憋屈滋味。她盯著陳讓看了一會兒，突然扳起他的臉，捧著就俯首親了下去。

陳讓一頓，抬手要環她的腰，唇上疼痛。血腥味蔓延開來，齊歡咬破他的嘴唇，很快放開他。

她說：「先還你這個，免得你嫌我跟你客套。」

齊歡對他的囂張很是不服，但到底還是臊的，臉悶紅，不等他反應便飛快離開沙發往裡走：「我要洗臉了，你回去吧。」

沒到浴室門口，被叫住：「齊歡。」

她停下，防備地回頭，「幹嘛？」

沙發上的陳讓老神在在，靠著沙發背墊，下巴微仰，視線隨半垂眼瞼下移，停在她領口，挑了挑眉：「記得遮一下。」

齊歡順著他的視線低頭，領口下被他掐出來的痕跡，還有齒痕，十分清晰。

剛剛那二十多分鐘，當真磨人。

她耳根一燒，拉著領子猛地往上提，頭也不回快步衝進浴室。陳讓盯著她的背影，勾唇散漫一笑，噙笑垂首，面容中有自己都察覺不到的無奈和縱容。上一次開懷是什麼時候已然記不清，他已經許久沒有像這樣輕鬆過，數日以來的疲憊，甚至這些年的奔忙，在這剎那都值得了。

※　※　※

俗話說的好，一人得道、雞犬升天，左俊昊跟在陳讓身邊，雖說做助理是為了履歷，但他也毫不客氣，從實習起就沒虧待過自己。好比現在，陳讓住的套房條件是最好的，他的房間環境同樣不差。用季冰的話來形容，那必定只有一句——臉皮比城牆還厚。

這句話又被迎頭拋來，左俊昊當面被罵，不爽：「你也差不多就行了啊，這麼嫌棄我還賴在我這幹什麼？滾滾滾，自己去樓下開房間。」

季冰躲過他踹來的腳，在沙發上懶洋洋環視四周，表情滿是不齒，「還不是陳讓，換做是我，老早就讓你有多遠滾多遠了。」

「你嫉妒就直說。」左俊昊嗤他，「好歹也是將來的醫生，你能不能注意一下？你這樣我以後怎麼放心讓你看病。」

「誰要幫你看病。」季冰甩給他一個大大的白眼。

兩人坐在左俊昊所住套房的客廳中，開著空調，溫度怡人。

左俊昊喝了兩口自己泡的咖啡，稱讚：「我的手藝真的越來越好了，都是被陳讓磨練出來的。」

對他的自誇，季冰回以冷笑。

喝著喝著，左俊昊踢季冰腳尖，「你這次來幹嘛？」

「我不能來散心？」

「能啊，但是你放著課業不好好努力，跑東跑西的多不合適。」季冰是學醫的，左俊昊他們畢業了，他還得繼續深造。

「聽說齊歡回來了。」

左俊昊挑眉：「哦，所以你就來湊熱鬧？」

季冰懶得理他，問：「現在是什麼情況，齊歡人呢？」

「你當他們都跟我一樣呢，睡得比狗晚，起的比雞早，一天到晚兢兢業業。」左俊昊看時間，才八點多，「陳讓應該是在房裡吃早餐看文件，齊歡等會兒差不多也該工作了，十點的時候我帶你去轉轉。」說著覺得氣，罵他，「你來這麼早幹什麼，擾人清夢！」

「我飛機就是這個時間到。」

「那你在機場多待一會兒不行嗎？」

季冰無言，默了默，狠狠踹他，「……狗東西！」

左俊昊沒能得意太久，季冰挑他的弱點下手，問：「對了，紀茉最近怎麼樣了？你們有聯繫嗎？」

剛剛還很囂張的左俊昊氣勢一下跌落，「我們……」

「沒聯繫對吧？她最近忙著交研究報告，喝水的時間都沒有。」

左俊昊一頓，瞪他，「你老是注意她幹嘛？」

「故意的啊。」季冰很誠實。

左俊昊氣得不行，然而沒辦法。他們幾個人的大學和紀茉不在同一個地方，但是離得不遠。本以為紀茉就算性子冷淡，他在她面前多少還是有些優勢的，畢竟不要臉是門學問。誰知道，就因為他一時大意，某次紀茉找他解決課業上的問題，他拜託給季冰，一來二去，他倆反倒混熟了。很多紀茉的事，他都不知道，季冰卻知道。

雖然季冰和紀茉只是純粹的普通朋友關係，想起這遭左俊昊還是不爽，「你真煩。」說著，他順手打了通電話給紀茉。

紀茉的態度如常，不算太冷淡但也稱不上熱情。左俊昊和她扯了幾句閒話，她大概有事情要忙，不是很想聊：「沒什麼事了吧？沒事的話我先掛電話。」

「等等等——」左俊昊叫住她，頓了一下，說，「妳知不知道齊歡回來了。」

那頭默了兩秒，她說：「我知道。」補了句，「季冰告訴我的。」

左俊昊抬眸瞪季冰一眼，又對電話那頭道：「是，不過不止是回來，我還知道她在哪。」

「……在哪？」

「就在我這。妳什麼時候有空，我幫妳聯繫她？」

說有事要忙的紀茉全然把事情拋到了腦後。而左俊昊拿著手機，邊聊邊往房間裡面去。季冰安然坐著，看他為了多說幾句費盡心思、絞盡腦汁的樣子，忍不住感慨搖頭——人吶，果然不能造太多孽。

齊歡接到紀茉電話時，先是意外，然後便是驚喜。她回來得太急，沒能完全準備好，連莊慕他們的電話都是費了好大力氣才弄到的，有些朋友至今還沒聯繫上，紀茉就是其中之一。

紀茉比從前開朗許多，電話裡聽起來很有精神，比以前幹練，雖然認識時間短，齊歡和她不如敏學幾個人感情深，但也是真心為她高興。齊歡吃完早飯正準備去工作間，不方便和紀茉說太多，只好簡單交流彼此近況，互相保存了聯繫方式，打算過後再細說。

拜陳讓所賜，齊歡和共事的搭檔一碰面，尷尬氣氛迅速蔓延。她倒還好，剪輯師明顯難以消化，對她的態度仍隨和，卻不免有些微妙。這種事情不好解釋，齊歡只能硬著頭皮專注做自己該做的。

不到十點，有人來敲工作室的門。是劇組的員工，說導演等人要見齊歡。齊歡詫異，滿面疑惑地跟著去。到了才知道，是另一部電影的攝製組來同個城市取景，在另一邊郊區的山上。聽說她在這，特地過來請人。

齊歡本身沒有那麼大的名氣，人家主要還是看著她老師的名頭而來。這一行不夠興盛，從業人數不多，佼佼者就更少了。齊歡的老師在業內頗負盛名，多年下來，年齡、經歷都擺在那。當然，他有名也不僅僅因為他是資歷老，他對擬音的創意和天賦，很多時候都走在業界前面。齊歡的機緣巧合是一種運氣，她在國外那段時間跟著團隊學習，像她一樣近幾年才被帶入行的人不少。

這位派人來請的導演來頭不小，齊歡今後要在國內工作，自然得賣人家面子。沒多說，一行人搭劇組的車去探班，開了三個小時才開到拍攝地，午飯在車上簡易解決。這個劇組到平城，只來了一個小組。山上環境不錯，住人的房車和裝道具的中型卡車停在周圍，各色帳篷搭建起來，到處都有人在忙碌。齊歡見有些小帳篷不似休息用的，邊走邊問：「他們搭帳篷幹什麼？」這裡離郊區飯店不遠，收工後回去肯定來得及。

領路的人為她解答：「晚上三點半之後有好幾場戲。」

意思是要通宵工作，這麼多人在這紮帳篷，是為了方便輪班。

如此，齊歡點頭，沒再問。

見了導演，依次握手寒暄，一群人往開工現場去。導演和齊歡聊起前年的一部法國電影。

「那年坎城電影展的時候，在『一種注目』，給我們很多人留下了很深的印象。它的美術和聲音都做的特別好，後來才知道，是伯柯倫先生和他的團隊操刀……」

前年正好是齊歡剛加入伯柯倫團隊的時候，那時她還是個菜鳥，正在摸索學習中，那個在坎城『一種注目』令人眼前一亮的片子，為那位導演打開了一條光明大道。當時她並未參與擬音製作，但團隊的辛苦和努力，都看在眼裡，說起有關話題，也能聊得上來。

不是所有鏡頭都要導演本人掌鏡，眼下正在拍的幾場，便由別人負責。到達拍攝地的樹林旁，齊歡見到了這個劇組的擬音師。野外環境自然不是讓他來配音的，目的是親眼看著拍攝現場，能對周圍環境有所瞭解，擬音時才更好發揮。身為同行，兩人站在旁邊看，交流工作經驗。他們聊得很開心，專業範疇的內容，聽得幾位片場助理一頭霧水。

天黑下來，劇組開始放飯，其他人和導演還有事要說，齊歡獨自回到帳篷駐紮地，老遠便見到一個熟悉身影。

陳讓站在那等她。她頓了頓，而後提步走過去：「你怎麼來了？」

「過來看看。」

「有什麼好看的……」

陳讓盯著她，道：「就是好看。」

齊歡撇嘴。

「這裡環境不錯。」陳讓說，「走動走動，四處轉轉？」

齊歡想說自己剛剛走了很久，累得不行，然而對上他的眼睛，拒絕的話說不出口，最後還是點頭。陳讓帶的助理不是左俊昊，那位先生謹守工作本分，陳讓讓他留在原地，他便一步也不敢跟。

腳下青草鬆軟，兩人在忙碌的劇組裡，悠閒散步。然而齊歡實在是累了，走了幾分鐘就停下休息。陳讓沒強求，陪她在小草坡上停駐。

她靠著劇組放置在那的長桌，沒力氣站直：「好累。」

陳讓看她懶洋洋的，沒說話。

夜風吹得怡人，突然一聲巨響，頭頂天幕炸開一叢煙火。齊歡嚇了一跳，和陳讓一起抬頭。

不遠處，劇組的人在放煙火，火焰花紋非常大，大概是拍攝內容需要，一直有人在喊著什麼做指揮。他們所在的小草坡位置好，正好方便欣賞。

齊歡小小嘆了聲，仰著頭看。

「漂亮嗎？」站著的陳讓突然出聲。

齊歡瞥他一眼，而後抬頭再去看煙花，回答：「漂亮。」

他卻道：「不夠漂亮。」

齊歡嫌他掃興，正要吐槽，他凝望著天上一朵接一朵綻開的火焰，忽地說：「不如妳給我放的煙火漂亮。」

齊歡一怔。

陳讓眸光淺淡，卻莫名專注，像是透過面前場景，在看另外的東西。

劇組準備的煙火很多，畢竟不缺這點道具錢。煙火接二連三，綻得滿天幕都是。可看在他眼中，這漫天煙花，卻比不上十八歲時齊歡手中高高舉起的那支仙女棒。

「我見過最好看的，就是那年過生日時，妳點的那枝。」陳讓側頭，淡淡看著齊歡。

這些年，他跟爺爺學，跟姑姑學，不停去學能夠讓他立足的本事。四處奔忙之中，見識過太多太多。就像煙火，比眼前這場盛大的不知有多少，更遑論曾經小小的禾城，他在窗角一隅看到的那微弱一束。但就是那一束火花，勝過他後來所見過的千千萬萬。

這世上，很多東西都很好。而那些和她有關的，格外美好——於他而言，那就是最好的。

齊歡安靜許久，煙火在頭頂一朵接一朵，熱熱鬧鬧的動靜，結束後給空氣裡添了幾絲煙硝味。犯懶的齊歡被陳讓叫起來繼續走，不過不是往前，而是回帳篷集中安置的那一塊。恰好導演讓工作人員來喊齊歡吃飯，跑腿的人繞了一圈沒找到她，正要走她就回來了，當下原話轉達。

陳讓和她一起去，到大帳篷裡，來探班的都在，兩個劇組的人湊了一屋。陳讓作為投資方，自然不會被冷待，齊歡在旁看著他們寒暄。

飯畢，導演招手叫齊歡到身邊吃甜點，開口留她在這多待些時候。他們劇組只在這裡停留幾天，取完周邊的景就要回主要拍攝地，這個小組到時候會全部撤走。趁著在的時候，導演希望齊歡能和他們組裡的擬音師多交流交流。尤其今天拍攝完畢的幾個片段，想讓她和擬音師看看，一起討論，研究研究。不過是熬一夜犧牲睡眠的事，齊歡當然不會不同意賣這個人情，當即答應下來。

陳讓得知，眉頭幾不可察地皺起：「要在這過夜？」

齊歡說是，「你等會兒先回去吧，我今天留在這。」

「妳睡哪？」

「有帳篷，請工作人員幫我搭一頂。這邊說不定會弄到很晚，有可能會通宵。」

陳讓抿唇，說：「知道了。」

他們站在吃飯的帳篷簾外，齊歡聽他沒頭沒腦的回答，不解：「你知道什麼？」沒等陳讓說話，裡面叫她，她只能先進去。

再出來，外面沒了陳讓的蹤影。

齊歡跟導演一行人來到正在趕工的拍攝地。原以為走了的陳讓過了一下子又回來，休息時，齊歡見他在一旁椅子上靜候，詫異：「你怎麼還在這？」

「看妳工作。」

「有什麼好看的……」齊歡實在理解不了。

拍攝地很吵，人來來去去都在忙碌，他臉上略有疲色，齊歡頓了頓，「你很累？」

「還好，昨天休息比較晚。」陳讓說，「妳去忙，我沒事。」

她道：「你要不要稍微休息一下？」

陳讓沒拒絕，輕點頭，只說：「妳忙完叫我。」言畢闔上眼休息。

齊歡回到監視器後，和擬音師邊看拍攝邊聊了半天。口袋裡手機響，是張友玉的電話，她掛斷用通訊軟體回過去：『現在不方便接電話。』

張友玉問：『妳在幹嘛？』

『是，怎麼了？』

齊歡簡略的告訴她，張友玉聽完的重點卻不在劇組上，反而對陳讓更感興趣：『陳讓跟妳在一起啊？』

張友玉發了三個嘿嘿嘿的貼圖，後道：『好久沒見過他了，他現在長什麼樣？這麼多年長好看了還是長殘了？』

齊歡無語：『他又沒去整容……』

『歲月是把殺豬刀嘛。』

張友玉振振有詞，最後說：『妳傳張照片我看看，幫妳評價，要是劣化了，就要再考慮考慮。』

齊歡忍不住傳語音訊息斥她：「說什麼亂七八糟的鬼話。」

張友玉也改為語音撒嬌：『拍嘛拍嘛，給我看看昔日一中第一現在什麼樣？』

齊歡想拒絕，然而不知怎麼了，大概是張友玉的粗神經氣息太感染人，一時沒忍住，也跟著玩鬧心起。擬音師離開去和別人說話，周圍其餘人都在忙，她左右瞧了瞧，小碎步跑回休息處，在陳讓椅子前不遠的地方，偷偷摸摸拍了一張他闔眼小憩的照片。

夜色下略顯朦朧，好在這邊燈光尚算充足，畫面雖模糊，但不影響他的五官。

螢幕上對話欄裡，張友玉最新的一句看起來頗為欠打：『怎麼這麼久沒動靜？該不會是他真長歪了吧歡姐？』

齊歡莫名生出一股不爽，手指飛快輸入文字要回她，太過著急，一不小心從對話畫面點出去。

「齊歡——」前頭在叫她過去，她手忙腳亂再次點進去，先把照片甩給那邊，仰頭應聲：「來了！」

然後回張友玉語音：「歪個頭，陳讓一直都這麼好看！妳離螢幕遠點，不許舔！」

鬆手發了訊息，她便收起手機跑回監視器前。

一直忙了四十多分鐘，齊歡終於解脫，往回走，朝椅子那邊瞥一眼，見小憩的陳讓醒了，拿著手機在看著什麼。她不著急，漫步走著，點開通訊軟體。

張友玉那有一堆未讀訊息，齊歡嚇了一跳——她被照片帥瘋了？

點進去一看，卻見滿螢幕都是咆哮：

『歡姐妳人呢？』

『歡姐？』

『妳為什麼還不傳照片給我？殘了？真殘了？』

『不會吧，有多殘？他那個底子再劣化也劣化不到哪去吧？』

『歡姐！』

『歡姐妳出聲啊……』

齊歡一愣，連忙把螢幕往上拉，來來回回好幾遍，上下都確認過——沒有照片，沒有她傳的那幾句話。她停下腳步，就聽前方傳來聲響，是腳踩在草地上的聲音。陳讓不知何時過來，站在她面前。

齊歡顧不上檢查訊息傳到哪去了，忙把手機收起，「你醒了。」

「嗯。」

「那走吧……」

陳讓沒動，低眸隨意一瞥，盯著她看了很久，才不急不緩開口：「我很好奇——」

「什麼……」她莫名忐忑。

他兩手插在口袋裡，一身西裝穿出了些許不正經意味。細細凝著她，驀地勾唇，俯身湊近：「在妳眼裡，我到底有多好看？」

她的耳朵唰地發熱。

陳讓噙著笑站直，把他自己的手機豎在面前，指紋放上解鎖的地方，螢幕亮起，正是通訊軟體畫面。對話的另一端，赫然是她的頭像。他們昨天才加了帳號，還沒開始傳訊息。乾淨的畫面中，只有她發的照片和那一句話。時間顯示是四十多分鐘前。是齊歡把陳讓照片傳給陳讓，還有那句維護他顏值的話。

「你……」

「我什麼？」他問道。

齊歡語塞。他有多好看，那當然是很好看。然而這時候她哪可能說出口，傳錯訊息被抓包，要多尷尬有多尷尬。

陳讓欣賞夠了她的窘迫，話鋒忽然一轉：「今晚妳留在這？」

她頓了頓，點頭，「是。」吃完飯時就說過的事。

他就一句話：「我也留在這。」

「你？」齊歡抬頭，「你留在這幹嘛，為什麼不回去……」

「妳能不能少問兩句。」陳讓嘖聲，「吵。」

他還不耐煩了，齊歡不爽。

陳讓將手緩緩插回口袋裡，說：「我讓人安排好了。風大，住露營車比較好。」

齊歡還沒開口，他道：「晚上跟我睡。」

她僵住：「誰要跟你睡——」

「不然妳要睡哪？」

「我睡帳篷！」

齊歡甩下這句，提腳往夜宿的地方走。莫名著急，走出了落荒而逃的意味。齊歡作為外援，帳篷有人幫忙準備好了。帳篷和帳篷之間隔得比較遠，她睡的那頂稍微偏僻一些，但周圍都是攝影組的人，晚上徹夜作業，安全問題不必擔心。齊歡鑽進篷內，脫下外套，坐在被墊上鬆了口氣。她正發呆，還沒拉上拉鍊的帳篷入口被撩開，骨節分明的修長五指握起門簾，而後，陳讓屈身進來。

齊歡道：「你幹嘛？」

陳讓在她面前盤腿坐下，略作環視，說：「我住隔壁。」

齊歡飛快爬到簾子口，探頭出去一看，帳篷旁邊不知什麼時候停了一輛露營車。她回到帳篷裡面，看著陳讓那張臉，有種無可奈何的感覺。夜宿野外，還來當鄰居拜訪。

齊歡說：「我這裡很窄。」

「我那裡寬敞。」

「……」這話不管接什麼，他下一句必定都是問她要不要一起睡。

沒等她開口，陳讓忽然伸手將她拉到懷裡。齊歡下意識豎起兩臂擋在身前——是因為沒有預兆的親熱舉動受驚，並非抗拒。

她縮在他懷裡，動彈不得，悶聲憋出一句：「你以前不是這樣的。」

陳讓喉間微動，下一秒，他埋首在她肩窩，氣息弄得她脖間發癢：「人是會變的。」

他又道：「我以前很討厭對吧？」

那低沉的聲音在她耳際，「我好像總是坐享其成，等著妳來主動，妳來努力。」

突然之間心裡像是被什麼堵住般，齊歡也跟著低落，輕聲說：「沒有，我從不覺得討厭……」

「自己試過才知道，只不過被妳拒絕這麼幾次，我就已經難受到不行了。」

齊歡默了默，慢慢放鬆緊繃的肩膀，去適應他灼熱的體溫。

「我沒有拒絕你，我只是……」

「那跟我睡。」他瞬間抬頭。

「……」齊歡剛醞釀的情緒就這麼被打斷，一口氣梗住，忍不住想翻白眼。她推他，「出去出去，回你的露營車裡睡覺。」

白浪費她的心情，虧她還被打動了那麼一下子。

陳讓喉嚨裡發出低笑，一下打破低沉氣氛。他不鬆手，攬著她躺下，冠冕堂皇：「試試妳被窩冷不冷。」長臂扯來疊得整齊的被子，將自己和她裹成一團。

齊歡無法掙脫，被他從背後抱著，蜷在被窩裡。陳讓的懷裡很暖，堅實的胸膛令她有所可依，只是這個姿勢太過磨人，她本來就窘迫，沒一會兒，他的呼吸輕輕灑在她的脖頸，讓她肌膚顫慄。細密親吻落在她頸後，一寸一寸，齊歡整個人僵硬起來，好在只是一下子便停了。

陳讓低聲說：「讀大學的時候，我跟著我爺爺學習生意上的事，每天都很忙。」

「事情特別多，明明累得不行，有時候還是會夢到妳，或者乾脆一開始就睡不著。」

「我只能點根菸，靠在床頭自己打發時間，一次就是一整夜。」

齊歡好不容易平復慌亂的心跳，正靜靜聽，被他最後一句弄得一怔，「你……什麼……」

「聽不懂？」陳讓不待她回答，低頭堵住她的嘴，狠狠咬了一口，令她痛得皺眉，而後便是漫長深吻。翻過身，齊歡被他壓著，澈底面朝下，他有力的手臂將她緊緊攬著，使她動彈不得。

齊歡血液加速，頭皮發麻，熱意彌漫。狹窄的帳篷裡，只有衣物窸窸窣窣的動靜，和越來越明顯的呼吸聲。

「陳讓……」她耳根通紅，滿臉都燒起緋紅顏色，「陳……陳讓……」

齊歡像熟透的蝦，衣襬被掀到鎖骨之下，她抓住他的手，聲音細碎艱難：「你別……別摸了……」

她捉住他的兩隻手腕，可惜力氣不足，無論上下，都阻攔不住。被窩裡暖意融融。

陳讓壓在她背後，粗重呼吸和她的悶哼聲纏在一起。他手裡並未停下，她快要撐不住，不得不咬住唇，就聽耳際他嗓音沙啞：「懂了嗎？」

「——就像這樣，我夢到過很多次。」

第十二章　眷戀

心跳一下接一下速度飛快，節奏洶湧得像是在擂鼓，而且那鼓面已經快要被擂破。齊歡難受不已，就要撐不住的時候，陳讓終於停了。他沉重的身體熱意迫人，齊歡面朝下，被圈禁在他懷裡，背後相觸的他的胸膛，滾燙像熔岩煉爐。隨著衣物摩擦的聲響，陳讓慢慢鬆開她，俯首將臉埋在她肩後，安靜的小帳篷裡，只聽心跳喧囂良久，他和她脈搏都燥然難平。

陳讓平復下來，體溫沒能消滅，但翻了個身，從她背後離開。重壓挪開，齊歡頓感一輕，臉悶在被墊中，喘著氣把衣物扯好，緩慢轉身。兩人並排，肩並著肩躺著，顯得有些擁擠。

齊歡側眸看他，他閉了閉眼，說：「睡吧。」

齊歡臉上的緋紅沒能全部消退，聲音低低：「你在這……」

「我等等出去。」陳讓睜眼，轉頭和她對視，眸中暗光此起彼伏，盡可能壓抑著：「妳別這樣看我，我已經忍得很辛苦了。」

齊歡霎時噤聲，移開視線。

過了會兒，陳讓起身：「我出去抽根菸，外面風大，妳別出來。」不等齊歡說什麼，他掀開被子，鑽出帳篷。

稍作休息，齊歡將凌亂的衣襟理好，確認儀容沒有不端，也出了帳篷。到旁邊去看了看，露營車裡似乎沒人，她在附近轉了幾圈，沒看到陳讓。各處立著木柱，黃色的燈掛在頂端。有的人已經拉上帳篷睡覺，有的人還在忙碌，既安靜，又吵鬧。齊歡逛了逛，碰上導演身邊的工作人員，見她還沒睡，把她帶到拍攝地。

被陳讓那麼一鬧，齊歡一時也睡不著，便跟著一起去了。劇組的擬音師尚在工作，高高興興和她打招呼，就著晚飯前的話題跟她繼續聊。聊著聊著，陳讓打來電話，問她在哪。

齊歡道：「我在拍攝場地這邊。」

陳讓沒多問，只說：『注意安全，早點休息。我在車裡。』他不多言，叮囑幾句掛了電話。

齊歡和擬音師站在監視器後看拍攝，進展順利，沒怎麼卡，一口氣就拍完了兩條。久站太累，她和導演等人告辭，揉著脖子回去休息。

「齊老師。」走出去幾步，擬音師叫住她。

齊歡聞聲停下：「什麼事？」

擬音師說：「我這邊有幾個我之前配的片段，齊老師能不能幫我看一下？」當然不是這個劇組拍攝的內容，而是他自己私下的練習作品。劇組還在拍攝中，成片沒出來，他也拿不到。

齊歡沒有猶豫便答應了，但覺得時間不早不太方便，擬音師馬上道：「我拷貝好了，妳等一下，我幫妳弄臺電腦。」

擬音師真的去找工作人員借來一臺電腦，連同一個隨身碟一起交給她。齊歡接過，應承下來，禮貌地婉拒了他送自己回帳篷的提議。回小帳篷中，齊歡插上耳機盤腿點開影片，看了三分之一，手機震動。

陳讓傳來訊息：『還在忙？』

她說：『回帳篷了，在看東西。』

『還不睡？』

『幫別人的忙。』

回過去後好久沒動靜，齊歡把手機放到一邊，漸漸看得投入。

手機震動又打擾她。陳讓傳來四個字：『妳在幹嘛？』

齊歡無語，回覆：『我在看東西啊。』

前幾句明明都說了。

兩秒後，那邊傳來語音，點開一聽，他道：『我知道。』緊接著又是一句，『我是問妳為什麼不理我？』

齊歡不知道說什麼好，只好對著手機錄音說：「你快點睡覺。」

無奈的語氣，像是在哄一個得不到關注便過分搗蛋引起別人注意的毛頭少年。

陳讓偏不安分：『好冷。』

「你的車裡沒暖氣啊？」齊歡想翻白眼。

『我是怕妳冷。帳篷裡沒暖氣，著涼了怎麼辦？』他一副為她著想的口吻。

因為他的緣故，齊歡的影片看得斷斷續續，看幾秒就要暫停。一來一回，乾脆把電腦放到一邊。

她輕斥：「你別吵我。」

陳讓回：『我沒吵。』

兩個人你來我往，語音訊息傳得不亦樂乎。

「那就睡覺。」

『我怕妳一個人不太好。』

「有什麼不好的？」

『太想我，情緒失控。』

「……」你閉嘴吧。齊歡連白眼都懶得翻，劈啪敲著螢幕，發了一連串表情貼圖。內心滿是腹誹，從前高冷矜持的陳讓是迷路了？現在手機對面那個氣死人不償命的妖怪到底是誰啊！

陳讓還在一句接一句和她廢話，齊歡回著回著，發起呆來。

『我感覺我快要死了。』又是一條語音訊息，齊歡點開聽清，驀地回神。

「你幹嘛？不舒服？」回完消息，她微愣，不知要不要過去看看。

那邊沒讓她等很久，他道：『我一個人。』

齊歡沒理解，傳了個文字：『啊？』

『我感覺我快要死了。』他連回兩條語音解釋，『因為我一個人。』

「……」

齊歡默然無言，又見他傳來一行字：『太想妳。』

齊歡被他鬧得頭都大了。良久，乾脆豁出去，闔上電腦抱在手裡，穿好外套鑽出帳篷。

露營車就在隔壁，她到門前，抬手敲了兩下。車門從裡打開，陳讓見到她，表情並未驚詫，反倒帶著一絲預料之中，還有一絲無恥的「我就知道」，輕輕挑眉，「想我了？」

「……」齊歡瞪他。他側身讓路，齊歡沒接他的話，進了車內。

暖意撲面而來，車門拉上，澈底隔絕寒氣。露營車內的空間比帳篷大多了，但和一般住宅比起來，面積卻還是略顯狹窄。兩人在座塌左右各自坐下，中間隔著一張矮桌。

齊歡盤腿，把電腦放在桌上。她看影片，陳讓看她，陳讓不說話，只是盯著她。他的眼神極具侵略性，一句話沒說，卻讓齊歡頭皮發麻，好多次差點走神，注意力根本集中不了。

好不容易強忍著看完一整段影片，最後她實在忍不住，對他道：「你一直看著我幹什麼？」

「不能看？」陳讓懶散地靠著車壁，眉眼繾綣，視線仍舊在她臉上流連。

齊歡想說他的視線太干擾她，忍著沒說出口。就這麼相對沉默，齊歡是故意不理他，陳讓還算有點人性，讓她先把影片看完。中途去小廚房切了一盤水果，待盤裡空了，齊歡的幾段影片看完，時間也不早了。

陳讓這才開口：「看完了？」

她點頭，「嗯。」

「那睡覺吧。」

齊歡微頓，闔上電腦要走。陳讓靜靜看著她的動作。

「門怎麼打不開？」齊歡掰了半天門把，毫無動靜。

陳讓淡淡道：「不知道，可能壞了。」

齊歡扭頭看陳讓，他老神在在，對她攤手。齊歡站在門邊，不知是不是被暖氣熱的，紅了臉。無言對峙許久，陳讓歪了下頭，唇邊似是帶著笑意。

「別鬧了，再不睡明天起不來。」

洗漱過後，被冷水沖過的皮膚泛起短暫涼意，臉上彌漫著洗面乳的香味。齊歡面朝車壁側躺，整個人都快貼上去了。外套扔在座墩上，方才聽到一聲動靜，似乎是掉到地上了。齊歡不敢回頭看，明明在被窩裡，卻絲毫沒有辦法放鬆，肩膀繃得死緊。

背後熱意靠過來，她往前挪，鼻尖貼到車壁，避無可避，「……別擠！」

「這裡就只有這麼大。」陳讓翻了個身，也側躺著，貼上她的後背。

齊歡抿唇，聽到耳朵裡鼓噪的心跳聲，全身熱得發疼。

「我在想一件事。」他的氣息拂在脖頸後，齊歡連話都不敢接。

「我在想——」他並沒有要她回答，自顧自道，「我是不是要弄件舊校服來穿。」

齊歡一頓，理解不了他跳躍的想法，「……校服？」

「嗯。」他說，「想來想去，好像只有穿校服，妳看我的時候才會兩眼放光。」

她的耳根紅了。不等齊歡全然反應過來，下一秒，陳讓環上她的腰，又成了先前在帳篷裡的那種姿態。

「你別鬧……」齊歡身子發僵，聲音細弱，窘迫地悶在枕間著急道，「明天我要早起……」

「好。」他嘴上應著，卻沒有老實聽她的。

露營車裡動靜不停。

「陳讓……」齊歡半蜷著身子，艱難開口，「你別亂摸……」

陳讓沒答，在她脖頸咬了一口。

「真的別鬧……」她熱得快要昏頭，試圖說服他，「你這樣，最後難受得還是你自己……」

陳讓的動作緩緩地停了。她聽見他說：「也是。」

齊歡剛要鬆一口氣，手忽然被他捉住。

「你——」

他噓聲，「別說話。」

手被他牽引著，她慌了。陳讓卻很鎮定，只是聲線比平時沙啞了許多，「我教妳，別怕。」

齊歡臉頰皮膚燒得發熱，手也被燙得發顫，他的粗糲大掌覆著她的手背，嚴絲縫合，不讓她逃開。夜特別長。

最後的最後，陳讓埋首在她頸後的悶哼，齊歡記得格外清楚。

※　※　※

不到六點，天色剛亮，齊歡起床洗漱穿衣，將露營車的門開了條縫，小心翼翼探頭出去，外面沒人。沒有立刻下車，她被撲面而來的冷空氣凍得躲回車裡，關上門，把外套裹得更緊。眼睛有點睜不開，眼下有黑眼圈的痕跡，昨夜一整晚她都沒怎麼睡好，前半夜睡不著，後半夜好不容易睏意來襲，眼皮打架，迷蒙間還被陳讓各種鬧。最後實在熬不住，她睏得漸漸沒了意識，乾脆隨他去。到這個點，睡了不過幾個小時，她怕起來晚了工作人員都開始工作了，那時候被人看見她從陳讓的車裡出去就慘了。

陳讓靠床頭坐著，剛睡醒有些起床氣，疏淡眉眼間浮著些許不耐煩——並不是對齊歡或是對某樣東西，僅僅只是一種單純的不爽。他臉上那股冷淡的微戾，像極了以前念書，他心情不好時看人的表情。熟悉又許久未見的模樣，讓齊歡驀地愣了好幾秒。

陳讓閉眼擰眉，舒緩幾秒清醒過來，掀被子去洗漱，看樣子是要陪她一起下車。

齊歡連忙拒絕：「你不用起來，再睡一下，我沒什麼要緊的事，自己出去就行了。」

陳讓站在洗手檯邊，側眸睨來，齊歡不等他說話，轉身打開車門出去。清晨的冷空氣陡然侵襲，她縮著脖子溜回帳篷，欲蓋彌彰地在帳篷裡待了幾分鐘才出去。

導演等人也是後半夜才睡的，只休息幾個小時，清晨還有工作，還是早早就醒了。齊歡和工作人員一起吃早飯，劇組發放的工作餐，味道一般，但分量很足。飯畢，她捧著杯熱咖啡跟去看拍攝。組裡的擬音師比她起得晚，吃過早飯後來找她，問她對昨天那些影片的效果有何見解。齊歡誠實地說了，缺點、優點樣樣不落，意見給得很中肯。一直待到快要吃午飯，她才告辭。

同行的人決定吃過午飯再走，齊歡卻說不用，婉拒了眾人好意。一上午，陳讓打了十多通電話給她，她一通都沒接，只回了條訊息，說：『在忙。』

到帳篷駐紮的地方，露營車和她的帳篷都在原地，趁周圍人不多，沒人注意，齊歡做賊似的繞到車後面，敲門。門一開，身高頎長的陳讓站在車內臺階上，居高臨下看她。齊歡仰著脖子，比平時還費力。

「回來了？」他巍然而立，倚著門框，作抱臂之姿。

齊歡小聲應：「嗯。」

「忙完了？」他又問，還是沒讓開。

齊歡察覺他壓抑著的不爽，那黑沉的眼眸之中，像是有碎冰在漂浮，視線凍得她動彈不得。

下一秒，他道：「為什麼不接我電話？」

「我在忙……」

「所以不接我電話？」

「……」本來挺正當一件事，被他這麼問，她莫名覺得自己理虧，一嗓子話堵著，說不出口。

齊歡覺得彆扭，往後退了一小步，「你幹嘛這樣……」

陳讓默然凝視她，幾秒後，朝她伸手，「上來。」

齊歡猶豫，不知道該不該握。良久，還是緩緩把手遞到他掌心。陳讓一扯，將她拉上去。兩人一同站在狹窄得只能站得下一個人的車階上，齊歡的腳根本沒有能放的地方，但腰被他摟住，下不去又站不穩，只好緊抓著他的衣襟，死死貼在他懷裡才勉強穩住。

陳讓低眸，視線落在她臉上。

齊歡眼神鬆動：「我剛剛在忙正事，你幹嘛這樣……」

回來之後，如今的陳讓越發令她難以面對。最初時，他的溫情脈脈讓人驚訝，而今不過才幾天，表現出的占有欲和比從前更讓人頭皮發麻的氣場，每每都讓她無力招架。

人都是這麼複雜的嗎？

從前她只知道他冷淡，涼薄，對什麼都無所謂、不在乎。後來知道他也是可以捂熱的，那顆硬邦邦的心，厚冰之下也有熱血。闊別幾年再見，他對他們曾經的回憶，一樁樁、一件件，記憶猶新，分毫都不曾忘，也總是從一些細枝末節，去提醒她、告訴她，帶著她一起找過去的感覺。

而現在……

他銳利的一面開始昭顯，控制欲、主導欲，強硬得讓人無處可逃。

齊歡垂著眼，想嘆氣，下巴忽然被捏住。

陳讓迫使她抬頭看自己：「怕我？」

「……沒有。」

本以為他會說句安撫的話，至少給她一點緩衝時間，來習慣他如今的變化。然而陳讓卻根本沒有這種想法。

「怕也沒用。」他眉頭輕挑，眼中亮光閃爍，語氣危險，「是妳先招惹我的。」

去別人的劇組幫忙，一待就是半天加一個晚上，好不容易回了自己工作的地方，齊歡感覺累到不行，加上前一夜沒有休息好，她先回飯店洗澡換衣服，之後才趕去片場。到了片場，四處逛了逛，見到兩個熟面孔。左俊昊和季冰一人一張躺椅，在服裝化妝組後面的空地上曬太陽。他們跟齊歡打招呼，揚手喊她過去。

齊歡走近，不解：「你們躺在這幹什麼？」

左俊昊說：「曬太陽。很爽了，妳要不要也來？」

她笑著搖頭，看向季冰：「你什麼時候來的？」剛到劇組第一天晚上，開會的時候她就看到了左俊昊，只是那時心思全放在陳讓身上，沒有和他打招呼。季冰卻是沒有見到過。

「我昨天就來了。」季冰說，「聽說妳回來了，打算來敘敘舊，原本昨天就想找妳，結果我和左俊昊從飯店趕來片場，他們說妳出去了。」

「晚上一起吃飯？」季冰提議道，「就讓左俊昊請客，他現在收入不低，死皮賴臉跟著陳讓，富得都快流油。」

「滾！」左俊昊踢他，「你就想著剝削我。」轉頭對齊歡說，「妳千萬別聽他瞎說。」見齊歡笑得開心，頓了頓，話題一轉，「差點忘了，妳有和紀茉聯繫嘛？我有打電話給她，跟她說了妳回來的事。」

齊歡說有，「昨天我們有通過電話。」

「好。」左俊昊的表情像是高興，但又不似高興。

聊了幾句，左俊昊四處找凳子要搬給齊歡坐，凳子還沒找到，工作人員先來叫齊歡了。

「我那邊有事，先走了，晚點再聊。」齊歡還要工作，不同於這兩個閒人。走之前笑道，「這裡風大，你們小心起風。」

兩個心大的懶人對她揮手，今朝有酒今朝醉，舒服一刻算一刻。

左俊昊和季冰這一躺就是半個小時，太陽漸小，風漸起，氣溫降了下來，兩人決定走人。抬頭見熟悉的身影朝這邊來，左俊昊嘿了聲，抬手：「陳讓！這這，來——」

陳讓不疾不徐走到他們面前。

左俊昊問：「怎麼就你一個，其他人呢？」除了他，陳讓還有幾個助理。

「我讓他們自己去忙。」陳讓瞥他們，「你們在這幹什麼？」

「曬太陽。」季冰話音一落，穿堂風從交匯口颳來，捲起落葉，涼得人肩膀發抖。

「……」

「……」

咳了聲，默默接下陳讓看傻子般的眼神，左俊昊和季冰從椅子上起來，問他：「你來幹嘛？」

「齊歡呢？」陳讓不廢話，「道具組的說看到她來這邊。」

原來是為了齊歡。

左俊昊和季冰互換眼神，都不知該怎麼說他才好。

「她被叫走了，好像在那邊，我們跟你一起過去。」

三人一起往先前齊歡離開的方向走。邊走邊聊，陳讓惜字如金，主要還是左俊昊和季冰胡聊。他倆從天說到地，由南講到北，什麼都能說上兩句。

聊到剛剛從他們躺椅前經過的一個配角女演員，左俊昊感慨：「看來混娛樂圈的都有兩把刷子，哪怕只是個沒有什麼名氣的小明星，那臉和身材也都是不錯的。」

季冰對他的審美嗤之以鼻：「哪裡好了？我覺得長得很一般。」

「是你眼光高，多大的年紀了能不能別老是做夢！」左俊昊反嗆，「說得好像你天天大街上能見到漂亮美女似的。」

季冰「哼」了聲，「是沒有天天見，但也沒你說的那麼誇張。就說身材，不就是正常水準？我看齊歡都比她好。」

「齊歡？」左俊昊一愣。

「國外是不是吃得和我們不一樣，感覺她這次回來，比以前還更……」季冰說著，就見左俊昊拚命向自己使眼色。他驀地住口，朝陳讓瞟。陳讓走得比他們前，看不見此刻的表情。

季冰忙換了個話題，「對了我之前和你去吃的那家日本料理你還記不記得……」

到拍攝的地方，就見地上一堆黑色的電線，搬著工具、扛著設備的人來來去去，齊歡的身影在導演等人旁邊。左俊昊和季冰跟在陳讓身後，停住腳步。

陳讓看了兩秒，回頭：「我自己過去，你們該幹嘛幹嘛。」

「啊？」

下一秒，陳讓的視線落到季冰臉上：「晚上劇組要拍夜戲，聽說人手不夠，你既然來了就別白來一場，訂好的飯店房間我讓人先幫你退了，你幫忙一下，我讓人在片場幫你搭帳篷。」

說完，陳讓施施然朝場中去。

季冰傻眼了，左俊昊又是幸災樂禍又是無奈，拍他的肩膀：「讓你嘴賤……」

說什麼齊歡？人家身材再好，那也是陳讓的，不需要你誇。

陳讓陪齊歡在片場待了兩個小時，有事先回飯店，處理完，不知不覺臨近傍晚。他便留在房裡，沒再過去。翻閱完幾份文件，窗外天黑得透澈。

「幾點了？」

助理道：「七點半。」

「片場那邊收工了？」

「收工了。」

陳讓眉一皺。手機忽響，左俊昊打來電話，大呼小叫：『我聽說劇組的人收工去KTV了，有兩個友情客串的演員今天剛到，說是去慶祝。你去嗎？』

陳讓沒答，略作停頓，卻是問：「齊歡也去了？」

『去了。』

「……」

她那個酒量，幾杯果酒下肚，連路都認不清。導演要是開點貴的洋酒，她喝一口怕就要發酒瘋。

劇組訂的KTV在市中心，走最近的路，車程需一個小時再二十分鐘左右。左俊昊和季冰一整天都泡在片場沒回飯店，晚飯也是在片場吃工作餐，直接搭劇組的車一起過去。陳讓接到左俊昊的電話，到那裡的時候，已經八點多鐘。劇組人多，乾脆在六樓要了六個包廂，方便全組人玩。走廊上各間包廂的門不時露開一條縫，玩鬧聲和音樂聲斷斷續續傳出來，不算太吵但也並不清淨。整層樓八個包廂，其中六個是劇組包下的，從六〇一到六〇六，占了一層樓的四分之三。六〇一在走廊最盡頭，還沒到最近的六〇六，陳讓就在走廊轉角看到了要找的人。

齊歡靠牆站著，正低頭玩手機，另一手作扇揮著給自己搧風。她臉頰微紅，似乎是被KTV悶熱空氣熱的。腳步聲和面前突然籠罩的陰影令她抬起頭。

「陳讓？」見他來了，齊歡略感詫異。

陳讓低頭瞥她的手機：「妳在這幹什麼？」

齊歡收起手機，說：「吹風，裡面有點熱。」

他盯著她的臉，「喝酒了？」

「沒有。」她搖頭，又問，「你怎麼來了？」

「劇組都在。」他作為投資方，參加這種活動很正常。

「這樣啊……」齊歡說，「那，你進去吧，我再待一下子。」

陳讓正欲說話，一個穿西裝的中年男人突然過來。中年男人的個子不高，比陳讓矮一大截，體態臃腫。

「哎喲哎喲，這不是陳總嗎！」中年男人一上來就要跟陳讓握手。

陳讓沒動，視線沉沉，在他的眼神下，中年男人悻悻然收回手，馬上又揚起笑：「我自我介紹一下，我叫管波，是仲盛娛樂的執行總監。」

陳讓眉頭幾不可察皺了一瞬，無言頷首。

管波看向齊歡，笑吟吟跟她點頭打了個招呼，「陳總這是在談事？我沒有打擾你們吧？」

陳讓沒回答，齊歡對這人的第一印象也不太好，市儈氣息濃重，讓人覺得不舒服。

這個叫管波的一點都不覺得冷場尷尬，陳讓明顯不想和他聊，他還是一副盛情滿滿的樣子：「陳總來了，怎麼不去裡面包廂？導演他們都在，一起喝兩杯？」

陳讓眉頭擰得更明顯了些，齊歡知道他這樣就是要拒絕，然而沒等陳讓開口，又一道聲音插進來：「陳總！您在這啊——」

掛著工作證的劇組人員似乎是被安排來接應的，快步跑到他們面前，道：「導演說您過來了，讓我來領路。」

連續被人打擾，陳讓想要單獨和齊歡說話是不可能了。見眼前這架勢，齊歡不愛湊熱鬧，便往後挪了一小步：「你們去吧，我在這站一下。」

陳讓唇線緊抿，其他兩人對他不瞭解，看不出來，齊歡卻能感覺到他的不爽。那兩人猶在笑呵呵的，和他的臉色成反比。

「妳在這等我。」陳讓側頭對齊歡如此道，之後才跟他們去包廂。

人一走，重新清淨，齊歡鬆了口氣。不過沒能偷閒很久，幾個近來和她處得不錯的劇組員工從一樓買東西回來，經過轉角，看她一個人躲在那，生拉硬拽把她扯進六〇五包廂。包廂裡只有工作人員，導演等人都在前頭包廂，沒有大人物鎮著，大家都很放得開。

「來來來——」

眾人唱歌唱得正嗨，燈突然被打開，一群人停下，抱怨：

「搞什麼？」

「誰開的燈？」

門邊開燈的那位手裡拿著瓶酒，道：「六〇一剛剛開了幾瓶酒，導演讓每間包廂送一瓶，都來喝都來喝！」

如此，唱歌的也不唱了，一群人拿起杯子過去分酒。

齊歡的酒量這麼多年沒有半點長進，她知道自己喝醉了會壞事，在國外的日子，一向滴酒不沾，就連有時團隊聚會，她也是能避就避。

但現在，幾個女工作人員「好心」幫她倒了一杯，她尷尬推拒，實在為難，「我不會喝……」

「沒事，我的酒量也一般！」

「就是，嚐一點而已，妳不會過敏吧？不會過敏怕什麼，這麼一杯能有多大反應！」

「來來來乾杯乾杯，大家都喝妳一個不喝怎麼行……」

面前好幾隻手，齊歡擋都擋不住，一杯摻了其他飲料的高純度洋酒就那麼被半餵著灌下了肚。

六〇一包廂內，陳讓和導演等人說了會兒話便坐到一邊，默然看著滿包廂的人玩。那張冷如冰塊的臉上沒有半點表情，對眼前的熱鬧全然無動於衷。嗨到爆的音樂在他聽來，只是噪音，不適全寫在臉上。

另一邊角落，管波和人說話，視線一直往陳讓的方向瞟。聊了幾句，還是扯到陳讓身上：「那位陳總，好像對這種場合不是很喜歡？」

和他聊天的是劇組管理人員的一位負責人，腦後紮著一小撮小辮子。小辮子對陳讓的行事作風有所耳聞，劇組成立前就略知一二，答道：「你不曉得？我聽華運的人說過，他們總經理嚴肅的很，讀大學的時候就進入公司開始理事，手段犀利，就是不苟言笑，一年比一年嚇人。」

「那他……」管波話說得內涵，「就沒有什麼喜好？」

「喜好？你指哪方面？」

管波低聲嘿嘿笑，用手背拍他的胸膛：「都是男人，還能是哪方面。」

小辮子回他一個同樣饒有深意的笑，道：「這我就不清楚了，我又不是他們華運的。這陳總來劇組以後，大多數時間都待在飯店，不怎麼到片場轉，沒跟他打過交道。反正我聽華運的人說，自從他進華運之後，就沒見他笑過。女人什麼的，更是一律沒有。我猜他在男女這些事情上怕是冷淡的很，人估計就只求清心寡欲。」

管波嘴上應著，心裡暗暗計較，覺得小辮子這話不太對。

對女人沒興趣？剛才在走廊上，看他跟那女人說話，明明挺有興趣的樣子……

齊歡從六〇五跑出來，躲到先前待著的轉角清醒。一杯酒以後，又連著被她們灌了好幾杯，臉燙得嚇人，腦袋裡跟炸開了似的，嗡嗡亂叫。靠牆站不住，她難受得捂臉，緩緩蹲下。不知過了多久，等陳讓找到她的時候，她蹲著蹲著膝蓋都快著地了。陳讓沉著臉，二話不說，一把將她抱起，直接朝電梯去。

還好，她還是分得清好歹，知道自己醉了，醉意朦朧間還記得打電話給他。雖然什麼有用的都沒說，撥通他的號碼，斷斷續續翻來覆去呢喃兩個字──『陳……讓……』

電梯下降，紅色數字不停變化，齊歡醉得睡著了，窩在他懷裡一動不動。陳讓低頭看了眼她酡紅的臉，眉頭輕擰，很快又放平。

關鍵時刻，她會想起他，知道可以信的人是他，不算太傻。

偌大的房間裡，彌漫著一股淡淡清香。陳讓不喜歡太過濃重的味道，屋裡用的薰香味道一直比較淡。窗外黑沉沉天幕裡，星點兩三，不時閃爍。醉醺醺的齊歡蹲著窩在沙發角落，很不安分。

從KTV出來後時間不早了，但沒有什麼要緊事，陳讓便不急不緩開車回劇組住的城郊飯店。放低了副駕駛座讓齊歡睡，她一路不甚安穩，頭一會兒偏向左，一會兒偏向右。

陳讓在吧檯倒了杯熱水喝，光腳踩在綿軟細膩的地毯上，走到沙發前，背靠著茶几坐下。他支起一條腿，胳膊搭在膝蓋上，眼灼灼盯著沙發上歪頭晃腦神志不清的齊歡，單手扯了領帶，隨意扔在一邊。襯衫紐扣揭開兩個，露出鎖骨，他沒喝酒，在包廂裡卻沾染了一身菸酒味。

醉醺醺的齊歡將下巴抵在膝頭，眼裡朦朧不清，像是在看他，瞳孔之中卻沒有焦點。

她像陳讓看他一樣，無聲盯著他。良久，頭一歪，臉貼在膝頭，對他笑：「陳讓……」

兩頰酡紅，喝醉了，笑起來傻傻憨憨的。

陳讓伸手，「過來。」

她猶豫好久，似是不知道該不該聽他的話。半分鐘後傾身朝而他去，身子搖晃不穩，從沙發邊緣跌下，投進他懷中。陳讓穩穩接住她，托著她的臀讓她調整坐姿。齊歡跨坐在他腹上，兩手放在他胸膛前，傻傻的對著他笑。

笑著笑著，她忽然板起臉，手點上他的鼻尖，皺眉：「你是誰？」

「我？」他懶散靠著茶几，掐著她的纖細的腰，「我是陳讓。」

「陳讓？」

「嗯。」

齊歡歪頭想了一會兒，揚起唇，「陳讓！」下一秒，兩手捧上他的臉頰，低頭就對著他的嘴唇親了下去。

陳讓哭笑不得，反應卻一點都不遲鈍，手摟上她的腰加深這個吻。

良久，齊歡因為缺氧而掙開他。眼朦朧半睜，盯著他半晌，眉又皺起：「好痛……」說著，她低頭拉自己的裙襬。

她穿的是一件長裙，全堆在他身上，她邊撈裙子邊含糊地抱怨：「撞得好疼……討厭死了……」

陳讓錯眼瞥見裙底，眸色一深。握住她的手腕，阻止她的動作，她另一隻手卻探到底下去找，「什麼東西，討厭……」

陳讓皺眉悶哼，趕緊把她另一隻手也抓住。強迫她坐穩，陳讓眼沉沉：「別亂動。」

齊歡試著掙扎，被陳讓摁到懷裡，動彈不得。隔了許久，人終於安靜下來。他鬆開桎梏，讓她坐直身體。她低頭玩自己的手指，像做錯事的小孩。

陳讓捏住她的下巴，讓她抬頭：「我是誰？」

她眨眼：「陳讓。」

「妳是誰？」

「齊歡……」

他挑眉：「妳很聰明對不對？」

她頓了頓，點頭：「對。」

「我比妳更聰明，對不對？」
她思考幾秒，再次點頭：「對。」
拇指撫過她的嘴唇，他又道：「那妳是不是要聽我的？」
她想了想，遲疑著點頭，「是……」
「很好。」陳讓眼裡閃過笑意，將她摟得更近了些。
「跟著我說。」他引導她，「最喜歡陳讓。」
齊歡愣了半晌，在他緊凝的視線下，開口：「最喜歡陳讓。」
「想跟陳讓睡。」
「想跟陳讓睡……」
「要不要我？」
「要不要我……」
「不對。」陳讓湊近她，鼻尖摩娑著她的臉頰，「妳要回答——要。」
喝醉的齊歡很不安分，但在他懷裡，在他面前，卻莫名的乖巧。
「再一遍。要不要我？」
她這次沒猶豫，老實點頭，顯得有些憨厚，「——要。」
陳讓瞇眼，遮住眼中陡然生起的危險的光，「這是妳說的。」
下一秒，他放下屈起的腿，將她壓在沙發邊緣。

裙襬失守，衣襬失守，醉得迷糊不清的齊歡，只覺得熱意原本已經消褪下來，突然之間卻又熱到快要爆炸。他的動作帶著滿滿占有欲和侵略意味，直讓她失了所有神志。

陳讓親得她滿面通紅，喘著粗氣附唇在她耳邊。他喉結滾動，聲音喑啞，意有所指道：「歡歡真可愛──」

哪裡都可愛。愛不釋手。

月升月落，星起星降，臥室裡的動靜徹夜不停。

齊歡這一覺不甚安穩，睡夢間如同在瀚海中沉浮，更有萬般磋磨，令她疲憊不已。天光亮透許久，被遮擋於窗簾之後，她昏昏沉沉睜眼，朦朧的神志半天才歸位。

齊歡側躺著，面對眼前凌亂床鋪呆怔好久，緩慢翻了個身面朝上，正對天花板，思維滯頓無法運轉。室內寂然無聲。手撐著床鋪坐起，被單滑落，她一怔，慌忙扯起來遮在身前。脖頸處自己看不到，但視線往下，鎖骨、胸前以及更多更多的地方，像是被人毆打掐捏過一般，淡青淡紫的痕跡一片一片。

齊歡動了動腿，不適感濃重，喉間微哽咽了咽，心慌得亂跳。衣服在地上，她屈身趴到床邊撿起，一件一件飛快套好。下床腳一沾地，發虛站不穩，一手抓了躺在地上的手機，一手扶著床沿站起。她光腳走出去，忐忑的心跳得飛快，走出臥室，在門邊看到客廳中端坐著喝咖啡的陳讓，那顆懸起的心才猛然放下。

她腳下一軟，扶著牆邊桌櫃站住。還好，是陳讓，不是別人。

其實她隱約記得昨晚一些片段，但不敢確定是不是自己喝醉了臆想出的假像，看到他的瞬間，所有不安終於消散。

「醒了？」陳讓聞聲抬頭，放下咖啡，手裡報紙翻了一頁，「去洗漱，等等過來吃早飯。」

齊歡扶著桌櫃，看到他腿又莫名發軟，「你……」一出聲，喉嚨沙啞，恍然間以為是別人的聲音，嚇了一跳。她站著不動，看他，「我……」

「妳什麼？我什麼？」陳讓睇她。他身上穿的不是正裝，大概起來後洗過澡，白色浴袍只在腰間繫著帶子，領口開得很低，露出大片麥色胸膛，仔細一看，被指甲抓出來的痕跡一條又一條，與她身上的痕跡不分上下。

齊歡覺得喉嚨乾渴，心裡更虛了，「昨天晚上……」

「說到這個，正好我也要跟妳談。」陳讓把報紙折疊放至一旁，視線完全集中在她身上，「昨晚妳喝醉了，還有印象嗎？」

齊歡點頭，「……有。」

「妳打電話給我，記不記得。」

「記得。」

他淡淡睨她，接著道：「我睡得好好的，大半夜妳突然壓到我身上，推都推不下去。」

齊歡傻了，「我……我？」她啞然，頓了頓問，「然後呢……」

「然後？」陳讓面容清冷，乾乾淨淨的眉眼間，天生氳著一絲涼意。那微垂眼裡閃過精鑠亮光，他端起咖啡喝了口，眼瞼低下，聲線稍沉：「妳非要跟我做，我就只能跟妳做了。」

「不可能……」齊歡憋了半天，悶紅臉。

「不可能？」陳讓饒有興致，「妳就確定妳幹不出來這種事？」

他若有所指，令齊歡想起以前追他的時候，主動的向來是她，她也總是占他便宜，但是……

「還不去洗臉，站著不累？」陳讓不想繼續這個話題。

當然累，不僅累腿還痠，渾身上下像被拆卸過一遍。但齊歡猶豫著，沒有動。

「妳想討論這個問題，之後我們可以慢慢研究，現在先吃飯。」陳讓蹙了蹙眉，「去洗臉，然後過來。」

齊歡默了默，木已成舟，他說得也對，正要提步，抓在手裡的手機響了。

莊慕非常不巧地打來電話。

齊歡接通，沙啞地「喂」了一聲，捏著喉嚨輕咳。莊慕以為她病了，關心幾句，聽她說沒事才放心。

「你打電話來有什麼事嗎？」齊歡不敢太大聲，陳讓就在那坐著，視線難以忽略。

「是這樣。」莊慕說，「我陪我爸出差到平城，我跟他說了妳也在這，他想見妳。妳有沒有時間？我們出來見面，吃個飯。」

※　※　※

莊慕的父親莊景，和齊歡的爸爸齊參是舊交，以前在禾城，他們一有時間就約著一起吃飯打牌，無論什麼消遣活動必定叫上對方，就算只是喝茶聊天，也能坐著對談一下午。齊參出事後，莊景出於多方考量選擇明哲保身，眼睜睜看著多年老友落得吃牢飯的下場，卻無能為力，也不敢伸出援手，心中的苦悶是齊參所有朋友裡最深最多的一個。

齊歡被方秋蘅扔到國外，說得好聽是送她留學讀書，像莊景他們這些老油條如何會看不出，那不過是方秋蘅想要撒手不管的藉口。她吞了齊參的家當，又把齊參唯一的女兒扔到國外自生自滅，莊景別提有多厭惡她，甚至比厭惡自己的生意死對頭還更嚴重，每次喝醉了酒，必定痛罵半個小時以上。

莊慕上大學後，莊景越想心裡越愧疚，原本考慮過聯繫齊歡，讓她回國來，自己替好友照顧她，只是那時齊歡已經和莊慕等一干舊同學斷了聯繫，後來莊景去探視齊參，從齊參口中得知齊歡有跟他聯繫，雖然一年只有一兩次，但據她自己說，她在國外已經日趨穩定，適應了生活，也開始在學東西，後來才作罷。

幾年沒見，看亭亭玉立長成大女孩模樣的齊歡站在面前，莊景不禁紅了眼眶。她還小的時候，他也是抱過她，逗過她的。每年春節，給莊慕的紅包是第一大，第二便是她。

莊景拍著齊歡的肩膀，哽了半天，除了「好」，什麼話都說不出來。

莊慕甚少見他這種狀態，略覺尷尬，跑到包廂門邊，拉開門探頭叫上菜。

「妳以前就乖，不像莊慕，皮得我看到就想打他。」涼菜上桌，莊景拉著齊歡坐下，筷子沒動，一直說著話，「我那時太羨慕老齊了，有個這麼乖的女兒多好。」還指著莊慕翻白眼，「生他不如養條狗！」

齊歡輕笑，「莊叔你誇張了。」

「誇什麼張，說的都是實話！妳這些年在外面還好吧？」不等她回答，他自己自問自答埋怨，「人看起來是有精神，落落大方看著也好，只是怎麼瘦成這樣？不行不行……」

莊慕暗暗翻白眼，他畢業那陣子天天熬夜瘦了三、四公斤也沒見他爹注意到。聽他爹又開始誇齊歡有多乖，罵他有多不聽話，莊慕搖頭，乾脆拿起筷子悶頭吃自己的。

齊歡乖？屁咧。

他們兩人的爸爸認識的早，但他們國中以前其實不熟，沒有玩在一起。國中一起念敏學，最開始互相看對方不順眼，鬧過好多次矛盾。最嚴重的一次，差點動手打起來——那時他沒有讓著女生的概念，齊歡也彪悍。鬧到最後，他們雙雙被學校約談家長。從校長那聽了一通苦口婆心的話出來，莊景和齊參領著他們去吃飯，兩個人在桌上推杯換盞，而他和齊歡，被罰在一旁站著。站著站著兩個人又起了口角，莊景扮黑臉，怒斥他們：「兩個兔崽子到外面去站！要丟人現眼就滾出去丟！」

回想那天真的挺淒慘的，他和齊歡餓得半死，走廊到處彌漫香味，包廂裡兩個大人吃得高興，卻讓他們傻站著乾瞪眼。路過的服務生不時偷笑，對於中二時期愛面子的男生來說，殺傷力簡直高達百分之兩百。

大概是因為無聊，他跟齊歡搭訕，說的第一句話是：「妳挺厲害的。」

後來他們就玩在一起了。

而那天酒樓罰站的後續是，齊參回家就買了一整套她想要的最新電子遊戲機給她，以作補償。他羨慕得不行，同樣都是惹事，齊歡卻可以得到新款遊戲機，他想來想去覺得自己也不能白白被罰，跑去找他爸吵，結果又被揍了一頓，還扣了半個月零用錢。

莊景說著，也提起莊慕想到的這段，齊歡失笑連連，眼眸盈起柔光，不知是因為以前浮浮躁躁的自己，還是因為別的。

給齊歡碗裡夾了一筷子菜，莊景讓她多吃點，而後道：「上一次我去看老齊，他很有精神，再兩年——不對，兩年不到，他就能出來了。」他撐在腿上的左手微微用力，「等他出來，我們一定要好好喝一場，到時候擺幾桌，我們幾個舊交好好吃一頓！」

齊歡點頭，笑著「嗯」了聲。

莊景頓了頓，臉上柔意斂淨，又道：「姓方那女人……妳回來後有沒有見過她？」

「沒有。」齊歡表情冷淡，語調平平。

莊景「嗤」了一聲，很是不屑，「你爸半輩子掙下的家產，都讓他們敗光了，兩個蠢材。」

齊歡看著他，他道：「這幾年，姓石的學人家做生意，投資什麼虧什麼，先後開了幾家工廠，全倒了。去年還拖欠工廠工人的薪水，鬧得差點上報。」

齊歡眉頭蹙了蹙，「石從儒的老婆，死了嗎？」

「早就去世了。」莊景說，「你爸出事後，那對狗男女搞在一起，趁亂占了老齊那麼多家產。他們從禾城搬走那年，姓石的老婆就死在醫院，沒搶救過來。姓石的到醫院簽了個字，連火葬場都沒去，下葬的事全是請人代辦的。」

同床共枕多年的丈夫，一夕出事，方秋蘅首先想的是如何撈家產，事後連看都不去看丈夫一眼，轉頭就把女兒扔到國外自生自滅，就憑她這種行徑，她和石從儒兩人做出什麼事來，齊歡都不會再覺得驚訝。

「……是我沒用。」齊歡垂下眼瞼，唇邊苦笑，「什麼都做不了，沒辦法幫我爸出氣，只能看他們逍遙。」

「說什麼話，這世上的事哪有那麼簡單。」莊景也替父女二人感到委屈，但還是拍了拍齊歡的肩膀，寬慰她，「要是所有事都像故事書裡寫的那麼簡單，還活著幹什麼。」

「這幾年，他們做生意也吃了不少虧，不知道還能繼續多久。」莊景嘆氣，「前段時間聽說他們認識了人，攀上了好生意，不知道是真是假。要是真的……」

想想還在鐵窗苦熬的齊參，他心裡就堵著氣，不舒服。

「好了、好了，吃飯。」莊慕岔開話題，「菜都涼了，你們越說越起勁，我都快餓死了！」

莊景回神，笑道：「不說那些煩人的，吃菜，歡歡多吃點……」

齊歡點頭說好。莊景轉著轉盤，恨不得把所有好吃的全轉到她面前，這可苦了莊慕，莊慕的筷子剛伸到盤裡，還沒夾到菜就被莊景轉走。一連幾次，莊慕急了：「爸，你幹嘛啊！我不用吃啊？」

「嚷嚷什麼。」莊景中氣十足，「你看看你那樣，都吃些不健康的東西，膽固醇想超越我？」瞪完他，轉頭又換了副笑臉對齊歡，「歡歡吃這個，這個好吃……」

莊慕低頭看自己，全身上下沒有一絲贅肉，撩開衣服八塊腹肌會發光，被他爸睜眼說瞎話氣得無語凝噎。

飯畢，齊歡準備直接回劇組飯店，被莊慕叫住。

「難得見一面，那麼著急著走做什麼？我爸要去忙我不用，來來，一起去喝杯下午茶。」

剛吃完飯就喝下午茶，齊歡聽了就覺得撐，然而拗不過他，被他拉著走。

莊慕邊走邊道：「妳不忙的時候回禾城待幾天，住我們家，我爸連房間都幫妳準備好了，妳好久沒回去，去看看也好……」

齊歡張口，還未答，手機響起。

「等等，我接個電話──」她看了眼來電顯示，是陳讓，拿著手機就要走遠。

「誰啊？陳讓？」莊慕抓著她不鬆手，「別走啊，就在這接，妳們有什麼是我不知道的，躲什麼躲。」

齊歡無奈，就地接通電話。才說了兩句，陳讓問她在哪，莊慕突然湊過來搗亂，嗓門大得生怕那邊聽不見：「陳讓嗎？不好意思啊，你晚點再打電話，齊歡要跟我去喝下午茶，沒什麼事你就別打擾了，趕快掛吧掛吧──」

莊慕眼裡滿是惡趣味，樂不可支笑了起來，還對她眨眼。齊歡哭笑不得，下一秒，電話那端傳來陳讓不甚愉快的低沉聲音：『……打擾？』

莊慕看熱鬧不嫌事大，聽陳讓回話了，不僅沒有住嘴，反而更過分，不停吱吱喳喳。故意對電話那頭的陳讓挑釁，一連聲回話：「對啊，我們忙著呢，你別打擾了，該幹嘛就幹嘛！」狀似跟齊歡說話，實則還是在講給陳讓聽，「別跟他聊了，咱們找地方坐下，美美地喝下午茶多好。」

齊歡被莊慕鬧得頭都大了，側了個身對電話那邊道：「我剛見完莊叔叔，現在還在外面，你怎麼了？」這是問他打電話來有什麼事。

陳讓語調低沉：『妳在哪？』

齊歡沉吟兩秒，如實把地址告訴他。她和莊慕在市中心最大的三間商場其中的一座，吃完飯後，莊景自己驅車去忙，莊慕拉她到二樓，說是要喝下午茶，這一層咖啡館和西餐廳比較多。

莊慕在旁一直催促，齊歡只得對陳讓道：「我先掛了，有什麼事等會兒再說。」陳讓沒應答，她等了幾秒，沒聽見聲音，便掛斷通話。

莊慕領著她往一家咖啡廳去，邊走邊吐槽：「陳讓查崗呢？妳去哪都要跟他報備，太霸道了吧。」

齊歡輕勾嘴角，不知說什麼才好。抬手理了理衣服領子，高領貼合脖頸，一寸不漏。

莊慕這才注意到她的裝扮，皺眉：「妳怎麼穿這麼多，這兩天回溫，而且百貨商場這些地方到處都開著空調，妳不熱啊？」

「我比較怕冷。」齊歡隨口說了個理由，尷尬遮掩過去。她也不想穿高領，但脖子露出來，回頭率勢必高達百分之兩百。想到昨天的事，又感到一陣頭疼，她岔開話題。閒話間到了咖啡廳，店裡環境雅致，輕音樂舒緩流淌，空氣裡有淡淡的香甜味道，讓人不自禁忘了煩憂，澈底放鬆。

齊歡點了一杯常喝的咖啡，味道偏苦，莊慕一看又忍不住皺眉：「妳以前不是喜歡甜的？」

「國外的甜食都太甜了，待久了反而不喜歡吃甜的，而且咖啡嘛，苦一點我覺得更好喝。」齊歡喝得面不改色，表情舒暢，明顯很喜歡。

莊慕又點了幾道點心，菜單交給服務生後，問她：「妳有沒有和張友玉他們聯繫？」

齊歡說有，「友玉每天都跟我傳訊息。」

他道：「過段時間等大家都有空了，一起聚聚見個面，回禾城也行，來這裡也行，他們都很想妳。」

齊歡沒意見，溫聲說好。

舊事說夠不免說起近況，莊慕詢問她最近的生活，每一件事情問得鉅細靡遺。齊歡一一答了，莊慕又問起她和陳讓，「妳們現在什麼情況？」

吃飯前，齊歡將先前對張友玉說的那番話，對莊慕也說了一遍，莊慕已經知曉她和陳讓如今同在一個工作場合朝夕相處的現狀。

「就那樣。」齊歡簡略說了兩句，沒有細談——主要是她也不知道該怎麼形容。

「打擾一下——」他們正聊天，旁邊桌過來一對情侶：「要不要一起玩桌遊？」兩個人玩不起來。莊慕徵詢齊歡的意思，雖然她對桌遊的興趣不大，見那對情侶滿臉期許，齊歡倒沒拒絕。於是四個人圍坐到一起，拆了盒新的桌遊，四個人各自為營，玩著玩著漸漸覺得有趣。轉眼就過了一個多小時，四人都玩到累，一場廝殺才鳴金收兵。

齊歡和莊慕回到自己的位置，起身前正跟那對小情侶說話，店裡突然響起「叮咚」一聲。

「眾位客人請注意，現在廣播一則通知，現在廣播一則通知——」

四個人面面相覷，幫旁邊桌上了份檸檬茶的服務員歉意地笑著向他們彎腰，解釋：「這是商場裡配備的廣播，每家店都有，平時不怎麼開，今天可能有什麼事吧，打擾各位了不好意思。」

幾人都笑笑，搖頭表示無礙。

齊歡和莊慕回位置上，在重複了好幾遍「現在廣播一則通知」的女聲中落座。

齊歡對廣播不感興趣，端起咖啡，誰知話還沒說完，就聽廣播接著道：「身高一百六十五公分、今天穿高領出門的齊歡小姐請注意，您的男朋友陳讓先生正在廣播室等候您。」

「身高一百六十五公分、今天穿高領出門的齊歡小姐請注意，您的男朋友和您走散，十分著急，聽到廣播請速來廣播室，您的男朋友陳讓先生正在等候您。」

「如有顧客遇上，歡迎撥打廣播室聯繫電話，〇九四〇……」

莊慕一愣，浮起一臉見鬼的表情，齊歡也怔住。

頭頂的店內天花板音響設備一遍又一遍喊她的名字，好在店裡的人不認識她，她臉上也沒寫著「齊歡」兩個大字，不然她可能會想找個地方躲起來。店裡有人笑，有人議論，翻來覆去的通知聽得齊歡耳根發熱。

「陳讓他……」莊慕一時找不到形容詞。

「他搞什麼鬼！」齊歡憤憤啐了句。

莊慕笑得喘不過氣。

齊歡收拾包，「我先走，下回再見。」

再待下去，還不知道要出什麼事，那位大人怕是會把整座百貨商場拆了。

莊慕看她手忙腳亂收拾，笑夠了，悠悠道：「真是風水輪流轉。」

「什麼？」

「我說你們兩個啊，真的是風水輪流轉。」

齊歡動作停頓，看他。莊慕噙著笑：「以前妳翻牆進一中，被他捉弄，妳要跟他交朋友，他把廣播開給全一中的人聽——現在，輪到他自己給自己開廣播了。」

莊慕說著，品味一番，頗覺有趣，然笑意卻未達眼底，言辭中帶上些許悵然感慨：「過去的都過去了，人活著，要好好把握現在。別因為在別的事上吃了苦、受了難，就給自己留下新的遺憾。」

他停頓三秒，聲音放輕，似嘆非嘆：「……妳以前那麼喜歡他。」

齊歡拉上包包的拉鍊，似是因他的話陷入思索。良久，她微微垂首，輕扯嘴角，聲音沉而縹緲，「我現在……也還是很喜歡他啊。」

和莊慕告別，齊歡從商場保全那裡問到去廣播室的路，搭手扶梯到達三樓，走了幾步卻突然不想再往上了。她轉身又乘電梯下去，直達一樓。找地方站好，她拿出手機，點進手機連絡人裡，撥通一個號碼。

那邊低沉穩重的男人聲線才剛說一個字，被她打斷：「你女朋友在一樓露天小花壇休息凳旁邊。給你五分鐘，不來就走了。」

※　※　※

出門時搭計程車，回程有陳讓在，自然不需要齊歡費心思。他的座駕後座不止一排，空間充足，齊歡窩在靠右邊門的角落，和自從上車後就死死盯著她的陳讓拉開距離。

「你看什麼？」她略有防備。

陳讓坐姿隨意，眼瞼半垂，不言語，只斜睨著她。

齊歡被看得發毛，從商場出來後他就是這個狀態。好半晌，他終於悠悠開口：「妳躲什麼？」緩緩伸手，「過來。」

齊歡悶聲無言，猶豫兩秒，把手放進他的掌心。

她被他拽到身邊，「你和莊慕聊這麼久，聊了什麼？」

這個話題相對正常，齊歡適應和他的距離，道：「沒什麼特別的，就一些瑣事。他說之後找個時間和友玉他們聚一聚。」

「莊慕他爸呢？」

「莊叔叔……」齊歡頓了頓，「聊了些和我爸有關的事。」

氣氛陡然下沉，陳讓沒往下問，話鋒一轉：「晚上吃什麼？我讓人送到房裡來。」

「晚上吃……」齊歡順著他的話思考，而後猛然反應過來，「你要跟我一起吃啊？」

他挑眉，示意「不然呢」。

「可是我等一下要去工作間，出來後應該跟組裡的人一起吃工作餐。」

「那我……」

「你別來！」他還沒說完，齊歡就打斷，「你一來太引人注目，我明天還想好好上班。」

安靜了好幾秒時間，沒聽到陳讓回答，齊歡忍不住想瞧瞧他的臉色，不料，一轉頭正好和他大喇喇的目光對上。

「終於看我了？」陳讓對吃晚飯的話題沒有發表任何評價，倒像是一直等在坑外的野獸，就為了她掉進坑裡這一刻，「我還在想，妳要悶多久才肯正眼看我。」

齊歡一怔，猛然把頭轉開。

他聲音幽幽：「妳臉紅什麼？」

「……我沒有。」

在商場一樓打了那個電話之後，不到五分鐘他便出現在她面前，但和想像的不同，沒有半絲焦躁或急切，姿態怡然彷彿散步。

齊歡吐槽：「你這麼輕鬆，一點都不緊張啊？」

他一臉平平：「緊張什麼？內部電梯從頂樓到一樓，一分鐘不到。以我的腿長和腳程，從電梯口走到這裡，再怎麼走也不至於走四分鐘。」

齊歡被他噎得沒話說，面對他這種遇事胸有成竹的鎮定，毫無辦法。

陳讓安排人廣播的那則訊息，說得很明顯，齊歡打給陳讓的那通電話，即是回應，意思也很明顯。可真到面對面時，他那張俊秀不遜往日，又增添許多成熟和銳意的臉，一出現在她面前，她就有點招架不住。上車後，別說和他對視，連看他一眼她都緊張。車裡莫名升騰起熱意，不知是整個空間氣溫變高，還是只有她如此。

陳讓修長手指屈起，微涼指節碰上她的臉，齊歡受驚嚇般猛地往旁邊避了避。

「妳的臉好燙。」

齊歡嘴硬：「車裡熱。」

「我怎麼不熱？」

「……你皮厚。」

陳讓不置可否。話題又繞回晚飯上，他收了手指，「為什麼不跟我一起吃？」

「我要工作。」

「不接受這個理由。」

齊歡瞥他，眼神閃爍：「我說真的，你別鬧……」

陳讓不語。

寂靜之間，彷彿能聽到車座底下車輪飛速滾過地面的聲音，帶著碾過砂礫的輕響。齊歡臉上熱意稍稍降下去，沉默間，不知為何又重新攀升。良久，像是豁出去一般——

「是、是、是。我就是很容易被影響。」她撐不住了，往相反的方向別開眼，「……你在我旁邊我就腦子裡一團亂什麼都做不了。」臉頰下的毛細血管突突地跳著。

微涼的指尖突然戳過來，齊歡一怔，陳讓在她臉側戳出一個小渦，點著玩，「誠實是美德，很好。」

齊歡默了默，側頭，憤憤咬住他的手。

明明應該很痛，陳讓卻感到很愉快，即使臉上平淡如常，未有任何豐富表情，眼角眉梢卻像蘊含生機，一寸一縷，全是克制著的痛快鮮活的欣喜。齊歡被他長臂一伸攬到懷裡，鬆嘴放過了他的手指。

「喜歡我就說——」陳讓胸腔輕震，聲音放柔：「這麼久了，我又不會笑妳。」

城郊華運飯店，風塵僕僕剛下飛機趕來的小演員在三〇六房間聽管波指導。

「衣服我幫妳準備好了，妝等等有人會來幫妳卸了重化，包括用的香水我也挑好了，晚上先試了再說。」

「可是……」長相妖豔的小演員心下猶豫，「我們什麼都沒提前知會，就這麼貿貿然去敲門……」

「我們沒知會，別人也不會知會！妳怕什麼？」管波道，「妳就儘管去，男人嘛，送上門的哪有不要的？妳看看自己，身材長相哪裡差了？就缺一個機會！要不然我也不會讓妳來，詩淇妳自己想想，舟舟、驕驕、茜茜，她們都還輸不上！」

被稱作詩淇的小演員還在糾結，管波又道：「今年莉婷拿了多少資源？下半年才多久，電視劇、網路劇，她演了多少配角，蚊子肉看著小那也是肉，跟著一眾當紅的劇蹭流量，多好的機會！論長相，論條件，她比妳強在哪？就強在後頭有人捧！大好的機會放在這，還猶豫，傻不傻？」

他們公司原本就不是什麼大公司，每個經紀人手裡資源不同，有好就有壞。管波是藝人總監，他手下的人，相對過得好一些，但也不是絕對。

如此，詩淇不再說別的，反而一起出謀劃策：「那我們需不需要安排人躲在暗處拍？萬一不成功也能有照片……」

「這個不用了。」管波否決，「他不是藝人，拍到照片也沒有炒作價值。他要是個影帝或者小鮮肉，這一招還有施展餘地。妳別管其他的，敲門後想辦法進去，只要能進得了一次，就算今晚不成，以後也有進一步的機會。」

詩淇心下暗暗盤算起來。管波最後叮囑：「我在這個組待了這麼多天，和他見面不多，但那個陳總的喜好大致摸清了一些，他沒有跟什麼女人經常來往，但是似乎對身材好的比較有興趣。」

想到那天在KTV走廊上看到華運陳總跟那個女人說話的場景，那是管波在這個劇組唯一一次看到他和女人來往，那位陳總當時的語氣神態和表情，顯然不是對一個路人甲的態度。

管波越發確定：「男人嘛，哪個不喜歡身材好的。他身邊沒有固定的人也是好事，這個年紀哪有真的一點衝動都沒有的，妳要好好把握機會。」

※　※　※

回到劇組，齊歡換了身衣服就投入工作——還是穿著高領，脖頸上的痕跡沒有幾天時間怕是難消。和剪輯師打過招呼，兩人各自在自己的領地忙碌起來。好說歹說，陳讓終於答應不來干擾她工作，疲累之餘總算教齊歡鬆了口氣。然而她還是高興得太早，陳讓不來，卻每隔一分鐘就傳訊息，一秒不差。齊歡在忙，不方便中途暫停，畢竟不是她一個人在工作，只能每段錄完的空隙，把積著的訊息一次回覆。

吃過晚飯，齊歡仍舊待在工作間。下午三點才開始工作，白天缺的時間她想儘量補全。陳讓依然不斷傳訊息給她，齊歡傳語音訊息告訴他：「我今天要在工作間待到十點多，你別吵了，早點睡。」

他回過來：『我等妳。』

齊歡不知想到什麼，微赧。

『不用等我。』

『怕妳記錯密碼。』

『我自己房間的密碼我記得很清楚。』

『我房間的。』

齊歡看著那四個字，彷彿能想像到他一臉冷淡實則無賴至極的模樣。

她默了默，盯著手機螢幕看了好半晌，狠心回了一句：『我不去，你早點睡。』

消息送達，等了一分多鐘也沒見他再傳什麼，正好玻璃後剪輯師示意可以繼續錄音，她應聲，收起手機。

一轉眼就到了十點，齊歡再拿起手機一看，有兩則新訊息，幾分鐘前陳讓傳來的，第一則是：『宵夜吃什麼？紅豆湯圓或者牛肉冬粉。』

後一則則是：『還是我兩樣都煮？』

他的房間有吧檯，也有廚具，可以自己下廚房。這口吻，分明是一副她一定會去的語氣。

齊歡無言，只能嘆氣。而後回覆：『知道了，忙完我就來。』帶著些許無奈和認命。

去就去，穿了一天的高領捂脖子，正好她也想找他好好說說昨晚的事！

讀完齊歡傳來的訊息，陳讓沒再回，起身朝房裡走。助理見他離開客廳，抬頭：「總經理？」

「我瞇一會兒，你忙。」他頭也不回。

助理沒多話。陳讓走了幾步，想起什麼，停住回頭：「等會兒可能有人來，要是輸錯密碼，你幫她開門。」

有些需要助理處理的文件還沒弄完，還要花點時間。助理聽陳讓如此吩咐，回應道：「好的總經理，我知道了。」

陳讓進了臥房，助理斂神，專心看文件。將近半個小時，桌面一堆東西全部處理完，小憩的陳讓醒了，進浴室沖澡。助理聽到動靜，沒過問，把文件一份份整理好，準備走人。總經理說有人會來，結果到他忙完，也沒聽見輸入密碼或是敲門的動靜，大概是總經理等的人還沒到。助理想想沒往心裡去，揉了揉脖子，朝門走。

門剛打開，和門外一張冶豔又不失嬌媚的臉對上，雙雙一怔。外頭站著個女人，長得很美，衣著並無不得體，但一眼看去，身材玲瓏有致，煞是勾人。

女人像是要敲門的樣子，看見他明顯滯怔，助理先回神，扯出笑掩飾尷尬：「您好。總經理在裡面，他讓我給您開門，正好我要走了，您請進。」

來人正是管波手下的小演員詩淇，門開的剎那，裡面走出了不認識的男人，正擔心籌備的事會受影響，不想，對方竟主動開口邀自己進去。還說……他們總經理已經在等了？

腦海閃過許多念頭，管波私底下已經打點好了？還是說這位華運總經理安排了人消遣長夜，恰好被她撞上？

不管哪種，最後浮上心裡的都是管波教她的那句：把握機會。

「謝謝。」她了助理一笑，身姿款款，踏進門內。

第十三章　守候

豪華套房和普通房間，不論面積還是裝潢都是不同等級，每間飯店都是如此。在客廳裡轉了一圈，臥室有動靜，詩淇靠近，隱約聽到水聲，猜測那位陳總應該是在洗澡。環境正好，氣氛正好，時機正好。再沒有比這還更恰當、更水到渠成的條件了。是去床邊坐，還是在外等，詩淇猶豫過後選擇了後者。

在客廳靜坐，詩淇暗暗想著等那位陳總出來後要如何開口，如何表現，心下略覺緊張。正入神，忽然聽門邊傳來動靜。她一怔，細細聽去，好像有人在輸密碼。一陣「滴」聲後，響起「滴嘟滴哩」音效，密碼錯誤，門沒開。

安靜兩秒，門鈴被按響。

這種時候，萬分不想有人來打擾，詩淇暗暗念著，希望外面的人識趣些，沒得到應答就趕緊走。可敲門聲不斷，一下一下叩得她心慌。要是有別人來，就可能會被拆穿。她一點機會都不想錯失，放在膝上的手捏緊，咬牙走向門口。

「妳……」外面的人在看到她的瞬間，才出口一個字聲音就戛然而止。詩淇見是一個女人，還是個長得不賴的女人，心裡湧現許多不好的想法。

面上卻擠出笑：「不好意思，陳總在洗澡，有什麼事明天再說。」

說罷，馬上就要關門。

門被擋住，外面的女人抬手撐在門上，眉頭微擰：「讓開，我找陳讓。」

「我說了，陳總在洗澡，這麼晚了不方便打擾，有什麼事還請明天再來。」詩淇升起一絲不悅，語氣略僵硬了些。這個女人搞什麼鬼？一副了不起的語氣，聽了就生厭。

詩淇要關門，對方不讓，和她僵持。拉鋸十幾秒，詩淇漸漸沒了耐心，再浪費時間，說不定要壞事。

當下，心一狠，往門外女人撐在門板上的手一打，她痛得下意識縮手，詩淇趁勢把門關上。

門關了，外面還不安生，不停按門鈴。詩淇又氣又急，見門邊有觸控式螢幕，把門鈴聲音調至靜音，再把密碼鎖調至休眠狀態。詩淇鬆了口氣，安心往回走。回客廳坐下，一分鐘不到，穿著浴袍的男人從裡面走出來，她站起身，揚起矜持又魅惑得恰到好處的笑：「陳總……」

男人抬眸，視線觸及她的瞬間，頓了頓，而後轉冷。

「我……」詩淇心猛地亂跳，只說了一個字，忽然聽到門外傳來一陣響亮的敲門聲——或者稱之為踹門聲更確切。

同一時間，茶几上的手機嗡嗡震動，男人拿起一看，臉色深沉。來電顯示閃爍，詩淇只看到一個數字，「7」。

他朝門口去，詩淇慌忙攔路，「陳總，我……」

「讓開。」他臉上毫無表情，眼裡沒有半點溫度。

陳讓開門的瞬間，外面抬腳踹門的齊歡沒控制住力度，慣性前傾，一頭栽進了他的懷裡，被他伸臂攬住。她抬眸，陳讓眼疾手快握住她的手腕，「別打。」

齊歡氣得臉色鐵青，越過他手臂朝裡面看去。那個穿著打扮妖裡妖氣的女人呆站著，傻愣愣看著他們。

齊歡問：「她是誰？」

「我也不知道。」陳讓一臉無奈。好好地洗個澡，鍋從天上來，出了浴室，客廳裡莫名其妙多了個女人。陳讓手臂用力，攬得更緊了些，攔住要過去的齊歡，「別動手。」

「我下次不來了。」齊歡胸口起伏不平，眼睛都紅了。

然而這番生氣的話聽在呆怔的詩淇耳中，滿是撒嬌意味。如非真正關係親密，不可能會是這種語氣。

尤其剛剛面色冷得嚇死人的陳讓，竟然沒有半點不悅，只說：「我來。」還輕拍她的背哄著，「好了，不氣。」

詩淇站在距離他們不遠的地方，心裡忐忑，不好的預感將她包圍。齊歡的眼神，像是要把她生吞活剝一般，看得她直發毛。然而她一句話都說不出來，剛剛關門打手的氣勢一瀉千里，不復存在。

至於陳讓？別說喊他，她連半個字音都發不出來，喉嚨像是被堵住了一般。

詩淇剛想到方才關門時的事，那邊陳讓就注意到了齊歡的手，「妳的手怎麼紅了？」

齊歡抓著他的手臂，手背泛紅一片。齊歡說：「剛剛敲門的時候被她打的。」指的是誰毫無疑問。

沒有加油添醋，也沒有刻意隱瞞——沒什麼好隱瞞的，她沒有好心到那種程度，對一個大晚上出現在她男朋友房間裡還試圖將她擋在門外的女人客氣——她只是實話實說。

陳讓一聽，臉色頓時一變。他握她的手，揉捏手背：「疼不疼？」

齊歡撇嘴，「打你試試看？」

陳讓唇線緊抿，「我知道了。」說罷，一通電話打給助理。

幾分鐘時間，助理匆匆趕來，來了兩個，還有一眾飯店保全緊隨其後。詩淇僵在原地，事情鬧得比她所預料得大得多。她入住的房間被查出來，和她有牽扯的管波自然也難逃。導演和幾個負責人那邊，是由助理通知的，知會了一聲，管波便被毫不客氣地趕出飯店。他所在的公司，從此上了華運的黑名單——沒幾天，管波就遇上了事情，聽說是半夜碰上醉酒的混混，被打得鼻青臉腫，當然，這些都是後話。

現在，主要該料理的還是這位大半夜送上門的女人。詩淇想走，奈何陳讓沒那麼好心，最後連警察都驚動了，以擅闖私人住所的罪名將她帶到附近的派出所。

而放人進來的那個助理瞭解事情後，全程臉色蒼白，陳讓倒沒怪在他身上，他自己沒交代清楚，事情又有那麼巧。但助理確實太過馬虎，陳讓扣了他一個月獎金，調他去負責別的工作，換了個跟在身邊的人。一場鬧劇到此結束，鬧哄哄了半個晚上，閒雜人等散去，房裡就剩齊歡和陳讓。兩人面對面站著，陳讓抬手想摸她的頭頂，被齊歡一巴掌打開。

齊歡瞪眼看他，還沒消氣，仍舊一副氣鼓鼓的模樣。

「妳……」陳讓再次抬手，想抱她，她忽然蹲下。

哭聲突如其來，她蹲在地上，兩手捂臉，嗚咽痛哭。

陳讓蹲到她身前，攬著她肩頭，將她攬進懷裡，「哭什麼？」

眼淚淌了滿臉，齊歡哭得停不下來，抽噎：「我的紅豆……湯圓呢……」

「在冰箱裡還沒解凍。」

「牛肉冬粉……」

「都在，還沒下鍋。」陳讓輕拍她的後背。

她嗚咽不停，邊哭邊道：「別人吃了嗎……」

所。

「當然沒有。」陳讓沒想到她突然情緒失控，看她哭成這樣，忽然後悔只是把那個女人交給派出

陳讓將齊歡抱緊，正要說些什麼，一隻手忽然抓緊他的衣襟。

「煩死了……我討厭死你了……」齊歡肩膀抽搐，聲線被眼淚浸潤得彷彿也帶上了濕意，她緊緊抓著陳讓的衣服，「憑什麼……憑什麼都過了這麼多年，我還是這麼喜歡你……」

哭聲湮沒在他懷中。

敲門的時候，開門的陌生女人以主人口吻自居，她的心就像被人捏碎了。那瞬間才發現，無論過去多久，不管她是十七歲還是二十三歲，陳讓對她的重要程度，根本沒有因為年齡的增加而改變。

一想到他和別的女人有牽扯，一想到別的女人在他身邊，哪怕心知他不是那種人，可悲傷還是像有東西，滕蔓一樣生根發芽遍布她的四肢五骸，紮根吸血，緊緊纏著她，讓她無法呼吸。

難過得要命。就算只是假設，光是想想就足以讓她失態。

陳讓是她的命門，很久很久以前是，如今還是。輕輕一碰，就能讓她潰不成軍。

「……這樣不是很好嘛。」陳讓掌心撫上她腦後，她額頭抵住他的肩膀。他俯首埋在她的脖頸，唇瓣輕碰她細嫩皮膚，聲音沉而溫柔：「因為我也一樣。」

先煮牛肉冬粉，再煮紅豆湯圓，鹹甜兩種味道，各有各的美妙。房間裡都是食物的香味，齊歡半張臉埋在碗裡，每樣只有一份，陳讓坐在對面靜靜看她吃。

「你盯著我幹什麼？」晚上的烏龍太鬧心，情緒剛剛才平復下來，齊歡說話時口吻有些凶。

陳讓道：「我沒見過別人眼睛腫得像核桃，多看兩眼不行？」

「……」齊歡氣鼓鼓，低頭繼續吃。

「妳的臉像包子。」

「不用你說。」

陳讓扯唇角，換了個姿勢，繼續盯著她。

吃完回到客廳，陳讓伸手，齊歡不理，盤腿坐在沙發旁，用手機放影片，假裝在忙不理他。陳讓也不吵她——只作無聲干擾。一下去吧檯倒水，一下去拿檔案，一下去開冰箱，一下去窗邊看夜景……來來回回，不時從齊歡面前經過。

齊歡本來就是借影片轉移注意力，被他一鬧，根本集中不了精神。點擊暫停，齊歡不悅道：「你別老是在我面前晃晃晃，很煩！」

「哦？妳剛剛可不是這麼說的。」陳讓懶散靠在沙發上喝水，「變心變得真快。」

「……」

「以前追我的時候，也不是這樣。」

「……」追你的時候哪知道有現在。齊歡暗暗吐槽。以前悶得像冰塊，現在？在人前，冷淡還是一樣冷淡，話少還是一樣話少，但沒了別人，私下和她單獨相處，他可是完全不同的面貌。

陳讓再次伸手：「來。」

「你哄狗呢？」齊歡嘴上不滿，腳下卻很順從地朝他走去。

窩進他懷裡，兩個人一起賴在沙發角落。陳讓摸她的頭髮，五指插進柔順髮絲之中，「妳剛剛沒有走掉。」

齊歡頓了頓，明白他說的剛剛是指敲門被關在外面然後踹門的事。

她「哼」了聲，鼻尖在他胸膛蹭了蹭，「那算什麼，說你在洗澡讓我走人，以前我翻牆進一中每天打電話給你纏著你逛街拉你去打撞球硬要你喝奶茶喊你陪我看電影趁你睡著偷親你……」說了一長串她終於停頓深吸一口氣，緩過來繼續道，「我幹這些的時候，她還不知道在哪呢！」

陳讓失笑，「一口氣說這麼多，妳喘得過氣？」

「我就說。」

「而且。」他玩她的頭髮，「我怎麼覺得妳在說這些時，好像很驕傲的樣子？」

齊歡趴在他胸膛前，臉一熱，「……要你管。」

在沙發上玩鬧一會兒，時間不早，陳讓拍她的頭：「該睡了，去洗澡。」

齊歡一頓，「可是我沒帶衣服……」

這個根本不是問題，陳讓早就準備好了，嶄新的女裝，從裡到外一整套。

齊歡大腦短路，瞪他：「你房間裡放女裝幹什麼？」

陳讓看傻瓜一般看她，「為妳準備的，妳以為我有異裝癖？」

當然不是質疑這個，只是剛剛那個礙眼的女人留下的陰影還沒全部散去，她忍不住多想。

收起多餘的警惕，齊歡伸手要接衣服，他沒給，遞過來另一套。和他身上所穿那件款式一樣的浴袍。

洗完澡，齊歡換上浴袍，上看下看總覺得不自在。走出浴室，就見陳讓靠坐在床頭。大長腿闖入她視線，視線上移到他微敞的領口，她腳步頓住。手腳僵硬地爬上床，齊歡也不知道自己是怎麼躺進被窩的。陳讓側身一靠過來，她全身緊繃，如臨大敵，「你別……」

意料之中的重壓沒有到來，他只是側身，手肘支在她身旁，托腮打量她。見他的視線落到她脖頸，齊歡想起這筆帳還沒算，說道：「昨晚的事……」

「嗯？」

「我不可能……」

「不可能什麼？」

齊歡憋了半天，好不容易開口：「我喝醉了，根本不可能是我主動的！」

「妳一點記憶都沒有？」他反問。

「……」好像是有點記憶，尤其中途，他開始來真的以後，難過是真的，高興也是真的，全程感受，她一一都體驗了，「但是……」

「好了。」陳讓不逗她，「是我自制力差。」

一句話承認了，齊歡沒話說，然而他認了以後，她腦海裡冒出些不好的畫面，臉又升溫燒起來。

「我真的嚇死了，早上起來的時候，還以為……」齊歡轉移話題，抱怨，「你那樣真的很過分！」

陳讓俯首靠近，在她唇上輕啄一下，「對不起。」

齊歡抿唇不語。他抱住她，蹭她的頸窩，頭一次認輸：「……我太緊張，不知道怎麼辦。」

醒了以後在床邊呆站好久，只能躲到客廳，假裝看報喝咖啡，等她醒，等她從裡走出來，聽著她的腳步聲，手心冒汗。

見他不再把鍋扣到她頭上，齊歡大度地放過他。

陳讓蹭她的頸窩蹭上癮，翻身壓住她，惹得她發癢。抬手推他的胸膛，推不開，齊歡感覺他氣息漸變，急了：「陳讓！」

他抱著她不動，半晌抬頭：「知道了，今天好好睡。」而後調整睡姿，側躺抱著她，沒有更多動作。

齊歡見他不似唬她，枕著他的手臂安穩躺在他懷裡，慢慢泛起睡意。很快的，齊歡入眠，大概是之前哭過，疲意濃重。陳讓不怎麼睏，一直沒能睡著，聽她呼吸均勻，緩緩睜眼。

他凝視她的睡顏，面容柔和。

低下頭，在她還沒消腫的眼皮上輕輕一吻，闔上眼睛。

「晚安。」

隔天，一大早齊歡就醒了。陳讓比她起得還更早，她洗漱完，穿著浴袍、踩著拖鞋走進客廳，陳讓已經在準備早餐。齊歡沒睡夠，昏昏沉沉，眼睛都睜不開。陳讓和她說話，三句裡她只能聽得見半句。陳讓去倒咖啡，齊歡靠牆站，頭歪歪抵著牆試圖醒神。門鈴突然響了，一聲聲吵個不停。齊歡揉頭髮，煩躁又疲憊，下意識過去開門。

「陳總……」外頭站著的，是兩個有事要來溝通彙報的劇組工作人員。開口那位話沒說完就傻在原地，同行的也傻了，原因自然是因為開門的齊歡。

齊歡昏沉半晌，被她們詫異的視線打量，慢慢回過神來。

「齊……齊小姐……」女同事這一聲壓抑著驚訝的稱呼，澈底讓齊歡清醒了。

齊歡順著兩位女同事尷尬的視線往後看，同樣穿著白色浴袍的陳讓，倚著玄關盡頭的牆壁而站，手持一杯咖啡淺酌，滿眼無奈，眼裡只有一句話——「是妳自己開門的」。

他胸口那些抓痕還沒全好，她脖頸處的吻痕也還在。「轟」的一聲，齊歡腦子裡有什麼瞬間炸開。昨天從百貨商場回來的路上，她還叮囑陳讓在公開場合別跟她走太近，以免造成什麼不好的影響，現在……完了。

工作和私生活，齊歡一直以來都分得很清楚。她不想陳讓在公開場合和她走得太近，也是因為不希望工作受到影響。但人總是事與願違，她昏昏沉沉開了門，大清早被人看到出現在陳讓的房間，還和他穿著一樣的浴袍，劇組的工作人員們都是些常年混娛樂圈的人，聯想力一旦活躍起來，可不是輕易剎得了車的。

從開門的意外開始，小道消息颼風一般在劇組工作人員之中流傳開，被議論的對象自然是齊歡和陳讓。窩在休息間小憩的時候，齊歡就聽到好幾波議論。被自己的緋聞連番轟炸，她聽得都快產生疲勞，八卦群眾還孜孜不倦、津津有味地熱議著。

中午，好不容易闔眼瞇了一會兒，沒幾分鐘又聽外面傳來說話動靜，儘管不想聽，內容還是傳入耳中，齊歡緩緩睜眼，滿心無奈——又來，說起桃色八卦，人的熱情真是無窮無盡。

「哎哎，你們知不知道，那個陳總，和咱們組裡的擬音師好像有關係。」

「你也聽說了？我之前才聽服化組的小周跟我說，說陳總跟那位過夜被其他同事撞見了！」

「哇，真的假的？很難想像哎。我看那個擬音老師平時挺正經的，工作也認真，怎麼會跟投資方扯上關係啊？」

齊歡揉了揉眉心，稍稍坐直。外頭聲音還在繼續——

「誰知道，本來她就是從國外特意請回來的技術外援，組裡誰都不熟。」

「不過說真的，那個陳總鑾帥的，這個項目好像是他們公司涉及影視行業的第一個投資吧，我本來以為是組裡哪個演員跟他有關係，誰知道他竟然和擬音師搞到一起……」

「擬音老師長得也不賴啊，平時穿得挺素，打扮打扮，進娛樂圈混口飯吃也不是不行。」

齊歡被誇了一句，但實在高興不起來。

果不其然，下一句又聽她們道：「人家現在有靠山，哪還需要苦哈哈地討生活，又不是進圈了就能紅，當個富太太不好嗎？」

另一道聲音打斷：「你們怎麼扯那麼遠，只說有人看到他們住同一間房，搞得像是已經要結婚了一樣。那些有錢的男人，身邊女人一堆，你哪知道那位陳總是不是玩玩就算了？」

娛樂圈裡，一個拍攝項目短則幾月，長則大半年，所謂「劇組夫妻」，是很多人心知肚明的一種存在。齊歡和陳讓的關係，在不知情人的看來，確實不甚可靠。

說到這，最先說話的那位聲音突然壓低，帶著一絲笑意：「聽說，開門的時候，那睡衣領口下全是痕跡，那個陳總被抓了一胸口的痕，嘖嘖，戰況激烈。」

幾人竊竊私語，內容越發曖昧。

去。

「……」齊歡坐著，靠牆發呆，等外面的人陸續走了，她又待了好一會兒，確定再無動靜才走出

直至晚上劇組放飯時，隨同導演拍攝在旁觀看的齊歡領了片場工作餐，到飯棚角落的位置坐下安靜進食，剛動筷子，陳讓端著飯盒突然出現。搭給工作人員吃飯用的飯棚裡剎時間鴉雀無聲，連咀嚼聲都停了。引起無聲騷動的陳讓似毫無察覺，走到齊歡對面坐下。

視線集中在身上的感覺非常不好，表面上沒人看他們，實際都在暗地打量。齊歡不自在極了，小聲抱怨幾句，陳讓對她的微辭不以為然。

齊歡的注意力很快被他的便當吸引：「為什麼你的菜和我的不一樣？」她看看自己的便當，再看他的，菜色明顯不是同個等級。

陳讓的回答很有說服力：「因為我是老闆。」

「……」齊歡小聲嘀咕，「了不起哦。」

「是了不起。」

——只是再了不起，也沒她厲害。陳讓說著，把菜一樣樣夾到她碗裡，全是她喜歡吃的。

看在旁人眼裡，想法更多了。想起那些傳言，每個人的表情不禁都越發神祕起來。

正吃著，導演助理進來找陳讓，見狀尷尬地開口：「陳總，您要不要去導演的休息棚裡？吃完飯晚上可以去參觀拍攝進度……」

「不用了。」陳讓回絕，「我在這裡就行。」

導演助理躊躇幾秒，沒再說，點頭：「好的，那我幫您轉達給導演。」說話時視線在他和齊歡身上繞了一圈，同樣別有深意。

導演助理正要告辭，卻被陳讓叫住，「陳總還有事？」

「能不能麻煩你幫我取一份水果，我忘記拿了。」

助理導演頓了一頓，說行，「陳總喜歡偏甜偏酸？」劇組裡有供應水果，可以有不同搭配。

這位助理是跟著導演很久的人，做事妥善周到，所以會有此一問。

陳讓說：「偏甜的吧。」

助理緩和氣氛，笑道：「原來陳總喜歡吃甜的啊……」

「我不怎麼喜歡，她喜歡甜的。」這句話，指的自然是齊歡。陳讓偏頭問齊歡，「還是一樣，不要柳丁？」不等她回答，又轉頭向助理叮囑，「她不吃柳丁，有柳丁的不要。謝謝。」

導演助理愣了愣，一時沒反應過來。

陳讓淡淡道：「怎麼，談戀愛很稀奇嗎？」

「啊……不是不是。」助理意識到自己失態，趕忙回神道歉，胸口一陣砰砰跳。這位陳總的意思，是正式承認和擬音老師交往了？

不止助理驚訝，其他在棚內吃飯的人，同樣豎起耳朵聽了一樁八卦，一個個埋頭加快吃飯速度，巴不得趕緊出去跟別人好好分享一番。

齊歡和陳讓是最後吃完的，其他人陸續出去，期間導演助理幫忙拿來一份沒有柳丁的水果，最後整個飯棚只剩他們兩人。

齊歡邊吃水果邊質問他：「你幹嘛突然跑來？還……」

「還什麼？」陳讓說，「這樣不好？」

他用牙籤戳了塊火龍果遞到她嘴邊，她一口咬住，皺著眉咀嚼，他慢條斯理又戳下一塊，道：「正大光明談戀愛，誰都沒有什麼好說的。」

如陳讓所說，飯棚裡那事情傳出去之後，私下非議的聲音漸漸減小。陳讓自己都蓋章承認了他們是在「談戀愛」，說「玩玩而已」以及用「搞在一起」這種負面形容詞來揣測的人，紛紛閉上嘴。

談戀愛這件事搬到明面上，組裡同事對齊歡的態度自然有改變，一開始有些不適，但過了一個禮拜，大家也漸漸習慣。齊歡並未作威作福，依然安分上下班，處理好自己分內的工作。

只是她到的地方，見到投資方大佬的幾率高達百分之九十，讓許多底層工作人員不得不打起精神。

事情結束，沒幾天，齊歡又開始愁眉苦臉。一連三天，陳讓坐在桌後看資料，一抬頭，總是見她窩在沙發上出神，不知在想什麼。

陳讓終是忍不住問出口：「妳在想什麼？說來聽聽。」

被問及，齊歡沉吟，猶豫地開口：「我在想……」

她嘆氣：「過段時間我要去見我爸爸，我在想，要不要帶你一起去。」

原來是為這件事煩憂。陳讓停下手裡工作，到她身旁坐下，「妳怎麼想？」

她苦著張臉：「我也不知道……」

陳讓輕撫她的長髮，「沒什麼好頭疼的。妳要去的話，我肯定會陪妳去，這裡過去不近。」

「我又不會迷路……」

「誰知道。有人連我房間密碼都能記錯。」陳讓淡淡一句，質疑著她的智商。

齊歡撇嘴，無法反駁。

「反正早見晚見一樣都是要見，去看看岳父也好。」

齊歡嘆氣，覺得他說得也不無道理，反正遲早是要見的，不如……滯頓幾秒猛然回神，瞪他：「你亂叫什麼，誰是你岳父！」

「誰的女兒追我追得死去活來誰就是囉。」

「……你這樣我爸聽了不會高興。」

「事實。」

「……」齊歡捧住他的臉，氣得在他下巴上狠狠咬了一口。

一個禮拜後，探視齊參一事，齊歡最後還是帶上了陳讓。探視時間有限，齊參對陳讓很有興趣，支開齊歡，兩人單獨聊了會兒。

回程車上，齊歡問陳讓：「我爸和你說什麼？」

陳讓道：「沒什麼。岳父只是讓我對妳好一點。」

齊歡追問：「就這些？」

他點頭，反詰：「不然？」

齊歡沒繼續問，她爸是個很好相處的人，想來以他們倆的性格，也起不了什麼衝突。

車一路往市區開，陳讓調好車內溫度，座椅也調整至合適高度，齊歡頭一歪，閉眼休息。一覺睡醒，已經在市區內。

「你說訂好的那家餐廳在……」她揉搓眼發問，陳讓正欲答，手機鈴響。不知是什麼事，但一般他處理公事時，她都會自覺噤聲以免打擾他。

電話那頭不知在說什麼，陳讓的表情少見的凝重。齊歡瞅著他不說話，他嗯了兩聲，最後一句：「知道了。」便掛斷電話。

「怎麼了，有什麼事情？」她略擔心。

「沒事。」陳讓平穩轉著方向盤，緩緩開至餐廳停車位。車停好，他沒有下車，先是轉頭看向齊歡。

齊歡解安全帶的動作一頓，「怎麼了……」

「妳想見方秋蘅嗎。」陳讓說，「晚上我可以帶妳去見她。」

※　※　※

車開上橋，夜色下光影斑駁，兩旁飛速後退的大廈粼粼發光。司機平穩開著車，車身沒有半點顛簸。陳讓和齊歡坐在後座，見她搭在膝頭的手微微攥緊，陳讓覆掌在她手背，「別怕。」

「嗯。」她輕輕說，「我不怕。」

路燈在窗外飛快掠過，齊歡緩了緩，道：「所以，方秋蘅現在沒有錢了，是嗎？」

陳讓「嗯」了聲，先前已經跟她講過一遍，再次複述大致的意思。

做生意這種事，不夠精明，頭腦不夠靈活，就容易掉進陷阱。這麼幾年來，方秋蘅和石從儒一直磕磕絆絆，手裡那些錢，不僅沒有翻倍大賺，反而陸陸續續潑出去，有去無回，如今所剩無幾，這些足夠證明他們不是經商的這塊料。然而那兩人卻像是著魔了一般，非要在這條道上走到底。或許，心裡都有著一口氣想要較勁，較勁的對象自然是那個他們看不上眼，但偏偏做生意做得風生水起的齊參。

陳讓道：「方秋蘅的公司申請破產保護試圖資金重組，沒有成功。」

齊歡動唇，想說話，最後什麼都沒說。想想也是，怎麼可能會讓他們重組成功——既然是挖了坑等著，就絕不會給他們從坑裡爬出來的機會。

「你剛剛說……」齊歡小聲道：「和他們談合作的，是你姑姑的朋友？」

「是。」

她垂頭，良久無言。

「害怕？」

「……怎麼可能。」齊歡瞪他，而後氣勢消褪，「我只是……只是……」她微哽，鼻尖發酸，「我的運氣……也太好了吧……」

以前有齊參護著，胡天胡地，什麼都不怕。現在……

「別掉眼淚。」陳讓悠悠道，「我車上的坐墊是真皮，很貴。」

「……」齊歡的情緒瞬間被他破壞氣氛的話噎回去，抬手捏他手臂。

陳讓長臂一攬，順勢將她圈到懷裡。齊歡埋頭在他胸膛前，蹭了蹭發熱的眼睛。

「我跟妳說過，有些坎只是一時的，它不可能阻礙妳一輩子。」他的胸腔輕震，齊歡悶聲嗯了句，又聽他道：「只是，把岳父的錢全弄沒了，不知道他會不會生氣。」

「才不會生氣。」

「要是生氣怎麼辦？」

「那我就不跟他好，吃飯的時候不和他聊天！」

陳讓抬掌輕拍她後腦，失笑，「這麼凶。」

齊歡悶悶「哼」了聲，抬頭，下巴戳在他胸膛上，「姑姑知道這件事？」

「知道。」陳讓說，「一開始很生氣，她覺得我在胡鬧。」

「然後呢？」

「然後就同意了。」

齊歡狐疑盯著他。他低頭，「她差點把我額頭戳破。」

儘管將華運的事處理得很好，但他還是年紀太輕，有些事情不是想做就能做的。他沒日沒夜的工作，折換成一個他姑姑有能力做到的要求，罵歸罵，訓斥歸訓斥，最後還是成了。

陳讓記得很清楚，他對姑姑說出這件事時，迎來劈頭蓋臉的罵，從出生後還是第一次。姑姑氣得不輕，指著他當場就訓：「你是不是覺得華運現在很了不起，覺得這份了不起有你的功勞，翅膀硬了，一點分寸都沒了？有這些亂七八糟的心思，你不如想想明天的會議，想想下一個季度的策略，滿腦子歪門邪道想著要坑一家小企業，你是覺得自己多有本事？」

他一聲不吭，任姑姑罵了半個小時。最後，姑姑對他不到黃河不死心的執拗無計可施，勉強答應，卻還是怒不可遏：「你沉著張臉給誰看？這件事我姑且答應你，但是我告訴你，絕對沒有下一次，如果再有一次，自己滾到你爺爺面前去聽聽你爺爺怎麼說！」

她是真的很生氣，直接把資料砸到他身上，還說，「我對你很失望，你今天就收拾東西去州城把上回的專案監督完。你既然這麼閒有時間想七想八，同期報表和下季度策略書明天交給我，做不完什麼要求都免談！聽清楚了就馬上滾蛋，別站在我面前，看到你就生氣！」

多餘的沒告訴齊歡，陳讓只隨口概述兩句。他說的雲淡風輕，齊歡卻覺得沒有那麼簡單。

「姑姑，她很凶嗎？」

陳讓想了想，道：「不凶，只是比較嚴肅。」

齊歡抬指觸摸他的額心，「疼不疼？」

「不疼。」

她趴在他懷裡，盯著他看，眼睫輕眨。良久，她直起身，唇瓣輕輕在他額心一吻。

夜色漸濃，車沒有開進哪個社區，而是開到一條商店街。方秋蘅的公司在三樓，規模一般，只租了一層做辦公室，可以想見，她手裡那些錢，不過五年時間已所剩無幾。

上樓時，齊歡問：「這個時間有人嗎？」

「有。」陳讓道，「清點資產的人這個時候應該還沒走。」

「我們上去……」

「我姑姑朋友的人，我提前打過招呼，已經安排好了。」

齊歡不再擔心。

電梯不大，除了他們，還有陳讓的助理和三個保鏢，他們乘坐另一輛車，路上一直跟在他們車後。

電梯門「叮」地一聲打開，玻璃門開著，燈火明亮，不知是不是因為知曉它氣數已盡的緣故，總覺得門裡透出一股蕭瑟。

踏出電梯時，陳讓牽住齊歡的手。

一行人入內，債權方有人前來接待，將他們領到會客室。

「您裡面請。」領路人將門打開，明亮的室內坐著的人齊齊轉頭看來。

棕紅色辦公桌角放著一小盆結著橙黃果實的盆栽，那是金錢橘，以前齊參的辦公室裡，不管裝潢如何變，這個永遠不變。

債權方負責人最先反應過來，站起身和陳讓打招呼：「陳先生。」

陳讓頷首示意。而他身旁的齊歡，從開門剎那，視線便停在一個人臉上。

時間留下了痕跡，曾經衣食無憂、萬事不愁的美貌太太，眼角也多了皺紋。才五年。想必這一千多個日日夜夜，為了生意奔波沒有少吃苦頭。

齊歡一直知道她媽媽很漂亮，從小到大，別人看到她，總是說：「這女孩長得像媽媽，真漂亮。」

也常有齊參的朋友開玩笑，說他就是被那張臉迷昏了頭。她覺得不是，但又說不出來她爸爸到底喜歡她媽媽什麼。

如今那張臉開始老去，再追究這些也都沒有意義了。

齊歡輕輕扯了扯嘴角，口吻如同面對一個陌生人，「好久不見，方女士。」

會客室內氣氛凝結，方秋蘅的臉色由詫異轉為憤怒，繼而轉為驚訝，最後變為心如死灰一般的晦暗，在她臉上消不散，化不開。

債權方一干人等很識趣地把空間讓出，「陳先生您請坐，我們去外面核對一遍帳目。」

從會客室撤離，留下方秋蘅以及她身邊一個負責打點的助理，門在身後關上，「喀噠」輕響，而後室內一陣寂靜彌漫。

齊歡和陳讓在沙發一端坐下，正對方秋蘅。目光在她身上打量，注意到她下顎處似乎有傷痕，齊歡幽幽道：「以前我爸可捨不得動手碰妳一下。」

方秋蘅捂住那處，臉色變了幾變，「只是不小心撞傷……」

「那還真厲害。」齊歡道，「妳自己信嗎？」

方秋蘅表情難堪，她身後的助理弄不清情況，大氣不敢出。咬牙幾秒，方秋蘅瞪向齊歡，「妳什麼時候回來的？」

「妳猜？」

「我沒跟妳開玩……」

齊歡打斷：「和妳有關嗎？」

方秋蘅暗恨，壓抑怒氣道：「那妳來幹什麼？」

齊歡淡淡打量她，「一把年紀了，還是這麼容易生氣。妳這輩子的好脾氣，都留給石家那對父女了吧。」

提到那兩個人，方秋蘅臉上瞬息萬變，十分精彩。來的路上，陳讓就跟齊歡說了他們三人如今的情形。一起算計別人的時候同心協力，矛頭一致，一旦蛇鼠湊到一窩，沒有利益糾紛最好，有了利益糾紛，就會鬥個你死我活。

就以石珊珊來說，高中最後一年，方秋蘅幫她辦理轉學，轉入當時所搬到的地方最好的高中，課餘時間請家教老師，一節課就是幾千塊的花費。她的大學雖然不是國內頂尖的一線學府，但也是城裡的名牌大學。或許是過了幾年好日子，真把自己當成大小姐，石珊珊要的東西越來越多。從念大學第一天起，她住的就是學校附近月租金一萬以上的公寓，第一個學期沒過完，就哄著方秋蘅幫她買了一輛代步車。每個月的生活開銷，花在化妝品、包包和衣服上的錢，更是數不勝數。

那時方秋蘅和石從儒處於摸索著做生意，磕磕絆絆的狀態，雖然賠了錢，但還是盡力滿足她的所有要求。後來一次又一次投資失敗，資產連番縮水，漸漸負擔不起，而石珊珊更是開口想要一間登記在自己名下的房子，兩層樓、有小花園的別墅，挑的還是不便宜的地段。

原本因為經商不順再加上雜七雜八的事情，方秋蘅和石珊珊吵過幾架，只是每次吵完，隔幾天石珊珊便會買些東西回去，窩在她身邊撒嬌認錯，倒也相安無事。

然而買房的事卻引發了前所未有的矛盾，方秋蘅本就賠的錢賠得氣不順，他們三個人，開銷大到難以想像，石從儒還好些，對於投資一事卻有些執拗，總是固執己見地決定投一些他認為有收益前景的項目，快則三個月，慢則一年，別說賺，每次都賠得連錢打水漂的聲響都聽不見。

那種情況下，石珊珊還要方秋蘅買房子給她，說是為將來畢業以後結婚做準備，石從儒竟然也支持，把方秋蘅氣得不行。發了好大一場脾氣，對著他們父女咆哮：「這幾年賠了多少錢！我們還剩多少錢！之後還要不要周轉，要不要過日子？兩層樓帶花園的別墅，市中心那個地段，我去哪裡掏錢，我會變錢是嘛？」

最後的結果便是三人吵作一團，他們父女站在同一邊，一人一句說得她差點一口氣喘不上來。那之後，石珊珊好長一段時間沒有回去，再回家，對她也不如從前親密，似是買房的事不鬆口，便不低頭。一向乖巧的石珊珊竟然為了房子的事那般作態，方秋蘅難過得心都發顫。

如今這個境況，方秋蘅的公司已然走到不可挽回的地步，她名下最後的一些錢要用來償還債務，房和車盡數都要拿出來拍賣，那兩父女，豈會再和她親親熱熱一家人。石從儒可是連病床上的髮妻都可以不顧的人，沒什麼是他做不出來的。

齊歡聽陳讓說了，這一樁生意失敗，就是壓倒他們一窩蛇鼠的最後一根稻草。石從儒和方秋蘅每天爭吵，互相推卸責任。方秋蘅為公司債務焦頭爛額四處奔波，石從儒自暴自棄在家酗酒，喝醉了，便和回家的方秋蘅吵架，還有幾次動起手來，體力上的差距懸殊，輸贏毫無爭議。

債權方來清點資產，只有方秋蘅自己坐鎮，想來她和石從儒這五年多的情分，差不多也到頭了。

被齊歡這樣不留情面的指出來，方秋蘅臉上火辣辣泛起疼，莫名有一種被人凌空掌摑的感覺。

「今天這種情況，他們也沒人陪妳來？」齊歡絲毫不留情面。

方秋蘅道：「來不來都與妳無關。」

「也是。」齊歡輕扯嘴角，「反正我只是個看熱鬧的。妳們誰演這齣戲都一樣……一樣的慘。」

她把來意說得這麼正大光明，方秋蘅氣極，卻又無可奈何。

「妳得意什麼？」方秋蘅道，「妳爸……」

「妳也配提我爸？」齊歡的眼神冷下來，那一抹陰狠，讓方秋蘅怔住。

不過瞬息，齊歡很快恢復平常模樣，「不過還好，我爸很快就要出來了，妳知道嗎？我今天去看他，他告訴我，他表現良好，即將迎來減刑，再有一年不到他就能提前出來。等他出來以後，我會養他，讓他什麼都不用操心。」

「比起妳，下半輩子不知道要靠什麼為生，或許還會背負一堆還不清的債務，想一想，他也算是過上安穩晚年了吧。」

不管是說她心胸狹窄也好，說她惡毒想看仇人不得善終也罷，齊歡都認了，她就是不想對方秋蘅和石家父女有善意。他們在她爸出事的時候落井下石，霸占她爸辛苦半生掙來的家財，為非作歹，小人嘴臉盡顯。

如果不是靠著陳讓，她的確沒有本事出這口氣，她就是狐假虎威，不管用什麼來形容都好，她全都認下。她唯一想做的，就是讓這些人嚐嚐當年他們加諸在別人身上的痛苦。

以德報怨，何以報德。

她爸是好人，不卑不亢，不怨不恨，以一顆平常心接受生命所有波瀾。她敬重她爸，但她做不成這樣的好人。刻薄的嘴臉留給她，讓她來落井下石，讓她來痛打落水狗。她只想討回當年的一切，哪怕做一個沒有福報，不得上天喜愛的壞人也無所謂。

齊歡對方秋蘅揚起嘴角：「看看妳現在的樣子，真可憐。」

怨嗎？恨嗎？

當然。她真的很怨，也恨。在國外的那幾年，艱難到她甚至不願回想。

她沒有錢，只能住窮人區。窮人聚集的街道治安亂，天黑後，街上就會出現各色各樣奇怪的人，高大的男人身影尾隨在後，妳不知道他要做什麼，只能惴惴不安，提心吊膽。黃皮膚難以融入當地，她幾乎沒有朋友，聽聞附近發生了搶劫案，非常害怕，還是要照常去便利商店打工，半夜有可能會被突然衝進來的人拿槍抵頭，要妳把收銀機裡的錢全部交出去。對面住的外國人身上刺青誇張嚇人，有時候門大開著煙霧繚繞，而那人躺在裡面變得神志不清。穿連帽衣的一幫朋友個個人高馬大，每次擦肩而過，總是被他們不懷好意的視線打量得頭皮發麻。好幾次半夜聽到門鎖傳來動靜，她爬上窗臺，忐忑地盤算著如果被人破門而入，跳下去落在草坪上會不會骨折。

不敢生病，因為沒有醫療保險；發高燒不敢去醫院，只能想辦法幫自己物理降溫；躺在床上難受到眼花耳鳴，閉上眼彷彿就再沒有明天；窮到口袋裡只有硬幣的時候，和一群流浪漢搶超市扔出來的過期食物，交不出房租閉門緊鎖不敢被房東碰見，出入翻窗臺、爬水管，撞得手肘、膝蓋一身疤……太多太多，最絕望的時候，甚至一度想要放棄，就那麼算了，一了百了。

她恨方秋蘅，永遠永遠不會原諒。

方秋蘅被激怒：「妳現在在我面前趾高氣揚什麼！妳有什麼了不起……」

一道視線直直掃來，睇得她噤聲。方秋蘅順著視線來源看去，是那個坐在齊歡身邊的年輕男人。

他的手一直和齊歡的握在一起，從進門起便以一種保護姿態陪在她旁邊，想到剛才債權方那群人對他溫和的態度，方秋蘅的臉色要多難看有多難看。

「我確實很了不起啊。」齊歡說，「我有那麼好的爸爸，即使他被妳占了半輩子積蓄，可現在我們馬上就要迎來柳暗花明的新一村了，妳呢？我還有機會回來，回來親眼看妳的下場，光憑這份運氣，我就很了不起了不是嗎？」

方秋蘅說不出話來。齊歡沒有講錯，她已經窮途末路，這最後一跤，耗盡了她所有氣血——沒有希望了。

但齊歡和齊參有，他們將來，還會有安穩的人生，還會有許許多多陽光明媚的早晨。

方秋蘅有些坐不穩：「妳……妳就是來看我笑話的？」

「不然妳以為是什麼？」齊歡挑眉，「來幫妳加油？」

「妳……」

「當初對爸爸做的那些，如今感受一遍，什麼滋味？」

方秋蘅咒道：「妳別得意！風水輪流轉，就算我沒有好下場，妳又知道將來妳不會有這一天……」

「我不做虧心事，我不怕。」齊歡笑，「風水輪輪轉，說得很好。」

方秋蘅指著她，氣到說不出話。

「後天開始，房子也不能住了吧？」齊歡偏要哪壺不開提哪壺，「妳那個乖乖女兒石珊珊呢？妳猜，妳要是露宿街頭，她會不會管妳？很難說……畢竟她親媽去世，她都能不聞不問，妳這個後來的媽，可說不準。」

齊歡就是來氣人的，方秋蘅感覺她說得每一句話都狠狠戳中了她。喉嚨像堵了一口血，無法反駁，

「妳……妳……」

齊歡悠悠道：「聽說石從儒前幾天去喝酒，回家路上遇到混混，被揍了。嘖，走夜路可要小心點啊。」

方秋蘅一怔，雙目圓瞪：「妳——」她和石從儒已至撕破臉皮的地步，自然不會是為他心疼，只是聽齊歡說起這個，更覺得恐慌。

「我什麼？我只是好心關心妳們一下。」齊歡笑得滴水不漏，眼裡閃過一絲亮光，「妳也要注意點，一大把年紀了，可別……」話沒說完，拖長的尾音極其引人遐想。

方秋蘅又驚又怒，「妳想幹什麼！」

「什麼都不做，妳放心。」齊歡懶散道，語氣中的惡劣，有幾分陳讓的真傳。

聊了大半天，齊歡抬眸對陳讓示意，他詢問：「累了？」

她點頭，陳讓便牽著她起身，「那走吧。」

從沙發前出來，走了兩步，齊歡停下，回頭看拍著胸口咳嗽的方秋蘅。方才出氣時的情緒全都收斂了起來，多了幾分過盡千帆的成熟。

「那年最後一次出遠門前，我爸告訴我，談完那筆生意他會早些回家，結婚週年紀念的禮物，他買了一座種滿大馬士革玫瑰的花園，準備給妳驚喜。」齊歡的聲音平靜無波，恢復到一進門時的那般，彷彿對待陌生人的狀態——「我去看我爸，他說，他不恨妳，但他不會再原諒妳了。」

方秋蘅一怔。不知是齊歡先前的那一番話戳到了她的痛點，還是這些年的不順加上和石家父女決裂，情緒到達爆發的臨界點，方秋蘅放聲大哭。她身後的助理聽了這一番對話，本就嚇得不行，此刻更是傻站著忘了動。方秋蘅兩手捂臉，坐在沙發上痛哭出聲。

齊歡兩人提步朝門走。

「我沒有——」方秋蘅在背後出聲，「他出事，不是我害的，我真的沒有想要害他……」

齊歡腳步微頓，用力握住陳讓的手。陳讓任她緊捏，不出聲打擾她。片刻後，齊歡斂好神色，手上力度放輕，和陳讓一起出了門。

沒有回頭。

回程途中，陳讓將傳來的資料拿給齊歡看。一堆照片裡，有一張熟悉的臉孔——石珊珊。

「她新找的那個男人，年紀有點大，有家室了。昨天，原配鬧到她住的公寓，驚動了保全。」說起這些在旁人聽來無疑是勁爆八卦的內容，陳讓的口吻卻似背書一般了無趣味。

「那位原配性格比較剛烈，這件事不會輕易解決。」一句話，不需過多言語，陳讓的意思已經很明白。

齊歡看著那一張張石珊珊和女人廝打在一起的照片，臉上未見半點表情。

「她實習剛剛轉正，工作的地方開始接到電話，之後……」

「好了。」齊歡把那些東西扔到一邊，打斷陳讓的話，往他懷裡一靠。

陳讓見她不想聽，輕拍她的背，「那就不說了。」

默然幾秒，悶在他懷裡的齊歡哭了。陳讓一頓，想令她抬頭，「哭什麼？」

齊歡不肯把臉露出來，緊緊抱住他的腰身，在他懷裡哽咽：「我想我爸了……」

他將她圈得更緊：「很快就能看到他了。」

她是齊參的女兒，是他陳讓將來的妻子。不論齊參，還是他，他們都會護著她。

「妳是小公主，永遠都是。」陳讓俯首，唇瓣貼著她的髮頂。

見過方秋蘅以後，齊歡雖然嘴上沒有說，陳讓看得出來，她比剛回來那段時間放鬆了很多，積壓在心裡的東西一掃而空。每天陳讓忙公事，齊歡分內工作做完便在旁陪伴。一開始安分貼心，不出聲打擾他，自己看書或玩電子遊戲打發時間，到後來總會把手裡東西一扔，趴在沙發靠背上枕著手臂看他。也不說話，就那麼含笑盯著他，無聲干擾。

這視線盯得陳讓唇線緊繃，加快速度處理手頭事情，工作效率迫不得已提升了很多。每次闔上文件朝她扔去佯斥的眼神，她不僅不怕，還扒著沙發咯咯發笑。

工作時一派正經，端莊穩重，落落大方，面對旁人亦是。只有和陳讓單獨相處，齊歡身上久違的玩鬧心性才會顯露出來。

劇組拍攝時間還餘一半，專案結束，陳讓要繼續接手別的工作。至於齊歡，他只有一句話：「打包帶走。」

——齊歡對此不甚愉悅，洩憤地在他肩膀上撓出幾道痕。

陳讓經常出差，而齊歡的職業時間彈性大，一年裡分階段工作，不是時時都在忙，互相協調，能待在一起的時間挺多。

※　※　※

拍攝進入如火如荼的階段，天氣大好，常去現場旁觀的齊歡抓去當壯丁。背景裡需要穿校服的高中學生，調度出錯導致群眾演員不夠，湊來湊去人不夠，導演當場發了脾氣。

齊歡被工作人員抓著手臂拜託「救場」，狠不下心推拒，只好臨時上陣，當了一次臨演。雖然只需要露背影，但連同她在內，幾個幫忙的女工作人員外貌上都長得挺年輕，如此看著倒比找來的臨演還貼合年紀。

換上高中校服，齊歡硬著頭皮上場，她們幾人在畫面角落，連臺詞都沒有，卻要一直坐在石凳上假裝閒聊。拍了半個多小時，不知聽了多少句「卡」，齊歡幾人聊得口乾舌燥，終於被叫到一旁休息。等一下還需要她們入鏡，暫時不能走。

忙裡偷閒玩手機，正好陳讓傳訊息問她在哪，齊歡想想，自拍一張傳給他，附言：『小姑娘真漂亮。』

沒幾分鐘，陳讓打來電話：『……妳那是在弄什麼？』

「片場缺人，被拉來當背景了。」被認為長得年輕，當然是件高興的事，齊歡忍不住得意：「高中生喲。」

陳讓卻說：『不像。』

突然被潑冷水，齊歡不高興：「哪裡不像了？你什麼意思啊？」

那邊默了默，道：『哪有發育那麼好的高中生。』

「……」無言的人變成了齊歡。她臉熱的反駁，「營養好不行嘛！」聲音卻莫名小了幾分。

陳讓在那頭輕笑。她咬牙叫他名字，他忙止了笑意：『行行行。』反正他不吃虧。

鬧了一陣子，齊歡才不跟他計較。

掛電話前，陳讓叮囑：『早點回房間，等妳吃飯。』

她應好，又聽他道，『校服別換了，穿回來我看看。』

「有什麼好看的……」

『妳怎麼知道不好看。』齊歡從中聽出一絲不尋常的意味，果不其然，他下一句便是：『不好看我幫妳脫。』

「你這個人！」齊歡熱臉，小聲罵他。

很快，收了手機再度上場。待到傍晚，終於沒有臨演的戲份，齊歡沒留在片場吃晚飯，連校服都沒還就直接往飯店趕——走之前和服化組說了，衣服的錢她另外給。

一進房間，蹬掉累人的高跟鞋，齊歡光著腳往客廳蹦，一頭栽倒在沙發上，「我要喝水——」

茶几上多了一杯溫水，寬厚手掌放下一雙乾淨拖鞋。陳讓坐到旁邊，齊歡將腳伸到他腿上。他轉頭，細細打量，看得平躺的齊歡收起手臂，縮著身，防賊一樣防他：「幹什麼？」

陳讓面色淡淡，「好看。」

齊歡的腳在他手裡，力道適中地被揉捏著，微微動了動，歪頭，「我好看還是校服好看？」

「——妳穿好看。」

男人傾身，覆下沉重身軀。齊歡被親得透不過氣，暈頭轉向，不知不覺勾住他的脖頸，貼合得更緊密。

沙發上傳來衣物摩擦聲響，齊歡熱得臉發燙，等那隻手把衣服推到她鎖骨下，她才回神：「陳讓！大白天的，起來……」

好半晌，他過夠癮，停了動作。

齊歡喘氣瞪他：「虧我以前還以為……」

「以為什麼？」

她抿唇，平復呼吸，然後嘁了聲，「……還以為你不是重欲的人。」

少年時的陳讓，清冷壓抑，沉默又張揚。於是她越深究越沉迷，越靠近越貪戀，執迷不悔。如今他砥礪初成，清冷依舊，戾氣不再，銳意鋒利，但不過度不狂妄。一切都剛剛好。

「那是妳的以為錯了。」陳讓的嗓音透著沙啞，他懶散輕笑，唇邊那點弧度像摻了烈酒，讓人不飲自醉。齊歡發著愣，他俯首，在她脖頸間吮吻，而後輕咬，細嫩皮膚立刻浮起紅印。

他看著她，眸色濃稠如墨，毫不掩飾身為男性對於床笫侵占一事的熱枕，「我當然重欲，尤其是對妳。」

兩人從沙發上起身吃晚飯時，窗外已經天黑。

飯畢，陳讓安排的人送來衣服，一件件掛在鐵衣架上陳列展示。

「挑衣服？幹嘛？」齊歡疑惑：「過幾天莊慕他們是要來看我沒錯，但是穿這些會不會太隆重了？」

之前莊慕說的舊友聚會，回去後他就安排好了，問了每個人的生活安排，協調出一個大家都方便的日期，算起來就在幾天後。

陳讓道：「是去發布會那天穿的。當然，妳想穿這些去朋友聚會也行。」

「發布會？」

「導演沒跟你說？」

齊歡回想，記起導演似乎的確有提過。過不久，劇組將召開第一次發布會，陳讓作為投資方代表，當然得到場。

「我也去啊？」

陳讓點頭，澈底斷了她偷懶的念頭。

齊歡對逛街買衣服的熱情早不如十幾歲時，陳讓讓人準備的衣服，她花了老半天才選出一件。

——無奈的是出發當天剛換上，她甚至沒穿足五分鐘，失手將果醬打翻沾到自己身上。

陳讓要人送新禮服來，齊歡懶得浪費時間，擺手說算了，乾脆穿回自己平時的衣服。她本來就不喜歡繁重的禮服，穿起來累得不行，陳讓見她高興，只好順她的意。

正式的場合，人多，事情也多。齊歡一個幫不上忙的半「閒雜人等」，除了最開始與全劇組一起亮相，其它流程進行時，一直待在後臺。中場休息，媒體朋友們被招待去喝茶水吃點心，陳讓也從前面回來。

齊歡吃著小餅乾，忙著處理手上的碎屑，抬頭看了他一眼，「回來啦？」

「等會兒再露個面就行了。」陳讓說，「妳累嗎？」

「不累。」她吃吃喝喝坐著看電視，清閒得很。又往嘴裡塞了一塊餅乾，突然良心發現，想起他進門連水都沒喝上，她起身去給他倒水。端著杯子剛轉身，迎面就見一個美女進來。

「陳先生您好。」氣質婉約，人長得也美，進來的似乎是受邀來參加活動的某位女明星，不算紅，但也常在電視上露面。她在陳讓對面坐下，「剛才碰到工作人員，說讓我幫忙把這個拿到休息室。」

後一句話解釋她進來的原因，至於有幾分可信，就見仁見智了。和上次夜闖房間的十八流小演員相比，這個女明星明顯檔次要高得多。言談之間分寸把握得剛好，並不出格，但也是坐下後就不走了。陳讓沒怎麼回應，禮貌頷首。

談話不順，女明星也尷尬，瞥見齊歡端著水，站在陳讓身後幾步遠的位置一直沒過去，笑了笑，「這位小姐怎麼站著？」

齊歡感受到陳讓的視線，把杯子放到他面前，沒說話，回到先前坐的地方繼續吃小餅乾。

女明星也不介意她的冷淡，以她為話題，對陳讓彎唇：「她是陳先生的助理嗎？沒想到，陳先生的助理也這麼有個性。」

齊歡拿餅乾的手一頓，而後狠狠往嘴裡塞。

見陳讓終於有了表情，女明星順勢往下道：「陳先生的助理長得好年輕啊，看起來像是在讀書呢。」

齊歡悶頭吃餅乾，看都沒看他們。

「謝謝孫小姐誇獎。」這是進門後，陳讓說的第一句超過一個字的話。女明星臉上笑意更深，然而下一秒又聽他道：「我女朋友確實是長得比較年輕。」

女明星笑意僵在臉上。

陳讓只記得她剛剛自我介紹時說姓孫，名字忘了，端起齊歡給他倒的水，喝了口，道：「孫小姐還有事嗎？這間休息室是我單人使用的，不對外開放，我女朋友她等會要午睡。」

杯子放下，送客意思明顯。

「齊歡。」

「……」

「齊歡。」

「……」

「歡歡……」

「別吵！」齊歡嚼著小餅乾，回頭瞪他，「你一直叫我幹嘛？」

陳讓倚著沙發椅背，無奈道：「人都走了。」

她「哼」了聲，繼續吃餅乾。

陳讓說：「我叫妳穿禮服，打扮一下再來，妳不肯。」

「你嫌我不好看啊？」齊歡怒了，就差拍案而起，「好啊，我穿得很普通，嫌我打扮的不好看就算了，你去……」

話沒說完，陳讓已至面前。被他抱在懷裡，齊歡用膝蓋踢他，不滿：「我哪裡不好看了？我這麼好看！誰不好看？」

「是是是。」陳讓討饒，抱著她的力度半點未鬆，笑著用鼻尖輕蹭她臉頰，「妳最好看——」

曾經的她也是非常自信的，毫不害羞地對他說，「我超好看的好不好！」

他那時不看她，嘴硬不承認。後來看著看著，真的發現，她超好看，特別好看。直至今天，在他心裡，比任何人都要好看。

※　※　※

莊慕把舊朋友們召集到平城，和齊歡見了一面。一群人，隔了幾年沒見，有的長高了，有的變成熟了，也有的人一成不變。聚在一起嘻嘻哈哈，說笑玩鬧，彷彿還是十幾歲，沒有煩憂的年歲。

紀茉也來了。莊慕和張友玉知道她這些年一直惦記著齊歡，這次聯繫她，將她也一起叫上。許久不見，紀茉長高了，皮膚還是那麼白，安安靜靜的模樣，添了幾分可靠和穩重。頭髮留過了肩，溫柔披在身後，看人的時候，黑亮的眼睛裡有光。

齊歡被紀茉抱了個滿懷，齊歡微怔，而後回抱住她。

只是她抱得太久，整個人似是壓抑，又似是釋放著什麼情緒，感覺有些不對勁。齊歡輕聲問：「妳還好嗎？」

紀茉沒答，緩緩放開她，看了她許久。

「紀茉？」

紀茉長舒一氣，沒說什麼，彎起唇，只道，「沒事。回來就好。」

齊歡再看，她臉上神色正常的很。舉手投足有些改變，但還是那個認識的紀茉。這個擁抱結束後，紀茉拉著她回到人群，和敏學的人玩遊戲，再無異狀。

鬧到太晚，來不及回飯店，難得和他們再聚，齊歡打電話給陳讓，通知他不必來接，和紀茉、張友玉一起在飯店樓上開了間房。紀茉先去洗澡，她們趴在床上玩手機，張友玉突然神祕兮兮對齊歡道：「妳看訊息。」

齊歡聞言點開，張友玉傳了東西給她。

「妳要跟我說什麼就說，還傳訊息……」話音漸漸湮沒，看清張友玉傳來的那些圖片，齊歡一怔，而後瞪她，「妳幹嘛？」

「這些衣服，很能增添情趣哦。」張友玉擠眉弄眼，「給妳和陳讓參考一下，不用謝我。」

圖片裡，全是穿著情趣服裝的女人。

齊歡有點尷尬，張友玉說完滾了一圈，到旁邊玩起遊戲。齊歡盯著螢幕看了半晌，將圖片一張張轉傳給陳讓。

照片傳完，還沒說話，那邊傳來訊息：『……』

乾咳一聲，她問：『你喜歡這些嗎？』

他回的很快：『不喜歡。』

答得果斷乾脆，讓齊歡臉都臊了。她道：『既然你不喜歡我就不買了。』

這則訊息發完，下一句她想道晚安，誰知螢幕跳出一句：『……妳要買？』

齊歡想解釋，還沒打完字，陳讓便回了：

『黑色那套。』

『還有白的。』

『第四張也行。』

「……」齊歡無言。滑動螢幕拉到上面看他說的那幾張圖片，臉更紅了——挑的正是最暴露的幾套。

她質問：『你不是說不喜歡嗎？？』

陳讓答：『我以為妳說的是人。』

『……』

『我看了下，衣服不錯，都買了吧。』

齊歡看到最新一則訊息，直接把手機往棉被上一扔。趴在床邊的張友玉聽見動靜抬頭，見齊歡朝她看，揚起一個熱情又顯得有點傻的笑。

齊歡深吸一口氣，扯著棉被壓過去。

「哇啊——幹嘛幹嘛！」

「歡姐……妳打我幹什麼……」

「悶！很悶……歡姐停……」

洗澡之前，張友玉久違地感受了一把讀書時常常能體會到的來自齊歡的「愛」。

尾聲　在有你的未來裡……

聚會結束，第二天早上陳讓開車來接人。

齊歡和眾人告別，坐進副駕駛座。繫好安全帶，車平穩上路，卻不是往城郊飯店開：「去哪？」

陳讓說，「帶妳去一個地方。」

齊歡猜測：「新開的餐廳？」

「妳腦子裡除了吃還有沒有別的。」

「也是，這個時間點吃飯好像不太對……」

「和吃的無關。」陳讓轉著方向盤，「到了妳就知道。」

賣關子的行為迎來齊歡的唾棄。懶得配合他表演，齊歡讓他把座位調低，閉眼休息。開了三十多分鐘，來到市區另一處。是個新的高檔社區，一層一戶。陳讓帶齊歡到十七樓，輸入密碼，門一開，室內牆面和地板已經裝修好了，初見雛形。

「看房子？」齊歡踏進室內，慢慢轉。

陳讓倚在門邊，沒進去。

「你買新房子啦？」她回頭，問陳讓。

陳讓沒答，反問：「妳喜歡嗎？」

齊歡點頭。環境，格局，地板牆面裝潢，都是她喜歡的風格。繞了一圈，齊歡走到陳讓面前，誇讚：「你的房子裝潢得不錯。」

陳讓微垂眼瞼，看著她，「不是我，是我們。」

齊歡一怔。

「密碼是妳生日。住之前加上我們的指紋。」

齊歡發愣，「你……我……」

陳讓斜靠著門框，眉眼懶散。良久，那平靜臉上慢慢氳起柔和笑意：「我們有家了。」

無須過多說明和解釋，一句話就已足夠。

齊歡傻愣半天，忽地鼻尖發酸。

「哭什麼。」

「你不要講這種話……」齊歡捂著臉，擋住泛紅的眼睛，抱怨：「煩死了，明知道我一哭就收不住眼淚。」

陳讓伸臂，將她攬入懷中。聞著他身上清淡香氣，聽著他的脈搏心跳，齊歡忍不住，忽地一下哭出了聲。

陳讓俯首，鼻尖和唇瓣輕蹭她鬢邊髮絲，和他一樣的洗髮乳香味淡而悠長。

「我們有家了，齊歡。」

十多歲時，他的性格晦暗陰沉，厭惡世界，覺得人生了無趣味。直到她出現，讓他懂得什麼是感情，重新體會善良，在碌碌萬象裡找到了足以支撐下去的動力。

他們都一樣，缺失親情。蹣跚半生裡，沒有一個完整屬於自己的家庭。

從他決定為了她努力成長的那天開始，他便一路勇往直前，不曾停下。現在終於可以歇一歇。然後牽起她的手，從今往後，兩人並肩前行。

他們將會有一個家。

他們有一個家。

屬於他和她，以及將來共同締造、凝融著他們血液的新生命。

窗外天光明亮，他們將迎來的屬於他們的美好人生。

番外　清歡

蕭瑟氣息席捲完大半個秋天，這個季節即將進入尾聲之際，齊歡隨陳讓回了陳家。齊歡去過陳讓家，但準確地說，禾城那座小別墅並不算陳家。陳讓的父親陳健戎當初被陳讓的爺爺陳衛華下派管理工廠，去到禾城，那座承載了陳讓許多少年回憶的小別墅，才開始成為他們三口之家的居所。

家庭分崩離析的場景發生在那座房子裡，儘管過去多年，陳讓心裡還是留有殘影，念大學後便再沒回去過。

學測後的暑假爺爺陳衛華給他辦了慶祝宴，一眾親朋好友全被邀請來參加宴席。不知是不是受了刺激，那晚陳健戎一個人窩在角落，在一片恭喜道賀聲中沉默無言，嗜酒多年的他，手裡端著一杯酒，喝了一晚都沒喝完。許是偏黃燈光折射，陳讓隨爺爺同長輩們說話時瞥見一眼，陳健戎那雙時常渾濁的眼睛，時隔許多年再一次清明，隱約沁著薄紅澀意。

那年開始，陳健戎就戒了酒，陳讓上大學離開禾城，陳健戎搬回陳家，重新跟陳讓的爺爺和姑姑一起生活。

幾年過去，陳健戎被酒精損傷的身體無法恢復如初，狀態也大不如前，不僅頭疼是家常便飯，身上還伴有許多大大小小的毛病，但人比以前有精神多了，再不見爛醉如泥、神志不清的酒鬼狀態。

陳讓和陳健戎見面不多，頭幾次從學校回家，父子間顯得分外尷尬。曾經施加在陳讓身上的暴力傷害不是一朝一夕就能抹去的。不過比起以前，如今已逐漸轉好了，兩人碰了面，也能說上幾句話。

往陳家去的途中，齊歡在後座坐立不安，臉上少見地出現焦灼神色。陳讓握住她的手，兩指搓捏著她的蔥白細指，安慰，「不用怕。」

齊歡回握他的手掌，沒說話，抿唇擠出笑。怕倒是不怕，儘管陳讓將他家裡的情況詳盡交代了一遍，齊歡還是無法避免地感到緊張，尤其是對陳讓的父親。陳讓在禾城的「家」，念高中時齊歡去過很多次，印象深刻的事情不少，但最難忘的還是遇見他父親的那次。那一回醉醺醺的陳健戎帶女人回家，陳讓在客廳裡和他大吵一架，他來砸陳讓的房門，開門後看到在陳讓房間的她，神志不清地就要上前拉扯。陳健戎當時的模樣，齊歡現在仍然記得很清楚，一閉上眼就能想起來。手掌忽然被她抓緊，陳讓側目，「怎麼了？」手自然地撩起她鬢邊碎發，別到耳後。

齊歡轉頭和他對上眼，緊張和忐忑褪去，多了一層柔意，「辛苦你了。」

這麼多年以來，在酗酒父親的暴力下成長，一路吃了多少苦，數也數不盡。陳讓明白她是因他和陳健戎之間的關係有感，捏了捏她的手，示意無事。

這些早就過去了。

陳家的院子不算太大，中規中矩，倒是草坪打理得十分乾淨，給人一絲不苟的感覺。從大門驅車進去，駛過兩邊油綠青草坪中辟出的長徑，車停在大門臺階下，陳家人早已等候多時。

齊歡很緊張，除了陳讓的爺爺陳衛華，他姑姑陳珍也在。陳讓平時雖然甚少提起姑姑，寥寥言語中透露的資訊卻已經足夠讓人對她的強勢印象深刻。

進門先打招呼，齊歡連鞠了幾個躬，在客廳沙發落座後才抬頭看清幾位長輩的臉。陳衛華老而矍鑠，上了年紀精神不減，說話時略微皺眉，更顯出眼尾皺紋的褶痕。老人家語氣溫和，似乎是怕齊歡第一次上門過於拘謹。陳健戎陪著坐了一會兒就起身去廚房看家裡的阿姨將午飯處理得怎樣，陳衛華和陳珍問一句齊歡答一句，陳讓想握她的手讓她鎮定些，她沒注意到，手疊放在膝頭，規規矩矩。

廚房裡飄出香味，陳珍問得差不多，也離座去廚房。

客廳剩三人，陳衛華道：「陳讓，去樓上幫我把眼鏡取下來。」

「眼鏡？」除了看書看報，陳讓記得陳衛華平時是不戴眼鏡的。

陳衛華點頭，「去就是了。」

如此，陳讓不好再言，走前安撫地拍了拍齊歡的手背。

陳讓被支開，齊歡唇線抿得更緊。陳衛華看在眼裡，淡笑，從桌上果盤裡拿起一個橙黃的橘子，在手裡掂了掂，「很甜呢，吃嗎？」

齊歡想拒絕，頓了一瞬，把話吞回去，雙手接過，「好。」

橘子拿在手裡卻沒剝皮，齊歡聽見老人家問：「你們認識很久了？」

剛才問的都是些工作的事，如今輪到感情了。齊歡說：「從高中開始就認識了。」

陳衛華頷首，「妳家在禾城，陳讓跟我說過。」

「……那是以前的事。」齊歡垂眼，扯唇角笑了下，「以後大概很少會回去了，也沒有打算在禾城買房。」

陳衛華揭茶杯蓋，瞧一眼，用杯沿輕撥水面上漂浮的茶葉，而後重新蓋上。他抬眸看向齊歡，眼神凝重打量，而後問：「妳爸還好嗎？」

齊歡滯了滯，手指攥緊，隨後鬆開，回道：「挺好的。」

「聽說很快要刑滿釋放？」

「是。」

「好幾年了吧。」

「是。」

「應該受了不少苦。」

「還好。」

一番問答下來，陳衛華盯著齊歡，沉聲道：「妳爸這個事，不管當年到底是怎麼樣，無辜不無辜，結果都已成既定事實。那麼，妳覺得妳這樣和陳讓在一起，合適嗎？」

結為兩姓之好這種事，換做一般人家，都各有一套自己標準，更何況如今蒸蒸日上的陳家。不說門當戶對，單就齊歡父親的情況，也不是隨隨便便就能碰得上。陳衛華特地支開陳讓說這些話是什麼意思，齊歡猜不透，雖然老人家每說一個字，她的呼吸就灼燙一分，但她的背脊始終直挺挺繃著。

客廳裡沉寂彌漫，靜得彷彿連掛鐘走動的聲音都聽得見。

「我覺得……」許久，齊歡深吸一口氣，迎上陳衛華的視線。

「很合適。」她說，「沒有什麼不合適的。」

語氣篤定，堅毅，毫不動搖。

無言間兩人視線相匯，齊歡沒有半點要退讓的意思。陳衛華笑了，那股沉穩的銳意收起，又變回鄰家老人的氣質。

「這話我也問過陳讓。」陳衛華說，「既然你們都覺得合適，那就合適吧。」

他笑呵呵起身，「人老了，坐久了腿麻，我去轉轉。等會陳讓下來，讓他把眼鏡放在茶几上。」

「是。」齊歡站起來，等他走出客廳才坐下。

齊歡吃完兩個橘子陳讓還沒回來，左等右等不見人，上樓找他。還沒看見陳讓，在樓梯邊先碰上陳健戎。

她往後倒退一步，意識到不禮貌趕忙止住，還好陳健戎沒察覺她的動作，她笑了笑：「叔叔。」

「嗯。」陳健戎扯唇角，氣氛尷尬。

齊歡微微彎腰，提步要從他旁邊走過去卻被叫住。

她轉身看向他。

陳健戎說：「沒什麼。」指著她的手，「沾到橘子汁了吧，往前走，洗手間在走廊盡頭，把手洗一洗。」

齊歡微怔，回神見陳健戎比她還不自在，目光甚至不敢和自己對視。她慢慢放鬆肩頭，揚唇，「好。」

「那，叔叔我就先過去了。」齊歡提步要走，陳健戎開口說了句話，她腳步頓住。

回頭看去，他那張滄桑的臉上，尷尬與不合年紀的拘謹交織，摻雜著一種生硬的、對小輩的溫和。

「謝謝妳……陪著陳讓。辛苦了。」他重複第二遍，說完輕輕彎唇對齊歡點頭，唇角弧度代表的並非笑意而是此刻的認真，言畢轉身朝客廳走去。

齊歡在原地站了半分鐘之久，忍不住長長吐出一口氣。

在禾城陳家見到陳健戎的那天留下的記憶真的非常不好，那個時候對陳讓的心疼簡直無從描述，心疼他在那樣的家庭環境下長大，心疼他要承受父親的暴力，一想到就心尖發顫。時間過得太快，從沒想過有一天，那個令她反感唾棄的人如今會向她這般表態。

大概……陳讓成長過程中缺失的父愛，對陳健戎來說，也是一種遺憾。

一輩子都彌補不了，再也找不回的遺憾。

齊歡在二樓書房找到陳讓，他站在陳衛華的書桌前，手裡擺弄著一副眼鏡。

「怎麼了？」

陳讓抬頭見是她，「妳上來了？」手裡弄個不停，說，「我把爺爺的眼鏡弄壞了。」

齊歡好笑道：「你怎麼這麼笨啊？」

「我笨？」陳讓佯裝不悅，抬手捏她耳垂。她歪頭，笑著打他胳膊。

左邊鏡框裡的鏡片掉下來，陳讓正試圖嵌回去。齊歡皺眉：「裝不回去了吧？」

「試試。」

她兩手撐著桌面，看了一會兒，忽然說：「我剛剛上樓的時候碰見叔叔了。」

陳讓手一停，側頭，「然後？」

「然後聊了兩句啊。」

「聊什麼？」

「沒什麼。」齊歡笑嘻嘻地，見陳讓神色微凝，嘖了聲，「真的沒什麼。叔叔他……嗯，跟我說了聲謝謝。」

陳讓眉頭一跳。

「他說謝謝我陪著你。你跟你爸，這兩年關係還行吧？」他對她說過很多以前的事，念書時他爸酗酒，喝醉了總是打他，他一次也沒跟他爺爺說過。

「差不多。」陳讓淡淡答過，低頭繼續手裡的工作。

齊歡沒再繼續這個話題，有些傷疤和心結是要當事人自己去解決的，並且無法一蹴而就。

「好啦，不要再修了，裝不回去了。」齊歡看了半天，實在受不了他的執拗，強行從他手裡奪過鏡片和殘損的眼鏡框。

陳讓無法，只好道：「那就下樓吧，我去跟爺爺說一聲。」

齊歡動唇，想說話，最後還是沒有開口。笑著握住他的手，走出書房。

陳衛華對她說的那些，她不打算告訴陳讓，因為她能感覺得出來，陳衛華並沒有惡意。

吃完午飯，坐著喝茶聊了會天，陳衛華回房睡午覺，陳珍還有公事要處理，去了公司，陳健戎也去忙自己的事了。第一次見家長就這麼平淡收場，齊歡總算是把心放回肚子裡，不再忐忑。

臨走前，陳讓帶齊歡去自己的房間，進門一看房裡空蕩蕩，除了一張「光禿禿」連枕頭被子都沒有的床，別無他物。

「這是？」齊歡發愣。

「爺爺說，我的房間重新裝潢一遍。」陳讓幫她解惑，「說問清楚妳的喜好，照著妳喜歡的樣子來布置。」

齊歡愣愣眨眼。

陳讓狠狠揉她的頭髮，「發什麼傻。」

齊歡傻站好幾秒，頂著一頭被摸亂的頭髮，猛地撲進了他的懷裡。

齊參出獄的時候，是初春。一場新雨澆遍大地，雨後暖意從土壤裡冒起，驅散彌漫了一整季的乾冷寒氣。齊歡和陳讓親自去接他，從門裡走出來的那一剎，強忍許久的齊歡到底還是撐不住，唰地紅了眼眶。

閉眼把眼淚逼回去，齊歡眼角濕潤，揚起笑撲進齊參懷裡，「爸——」

齊參輕撫她的頭髮，在她背上輕拍，「長這麼大了。」

就這麼一句話，把齊歡好不容易忍住的酸意又勾了起來。她咬牙，唇角止不住地發顫，而後防線崩潰，決堤般嗚咽出聲。

「爸。」

「在呢。」

「爸……」

「欸。」

「我好想你……」齊歡抓著他的衣襬哭。

「沒事了、沒事了。」齊參始終笑著，拍她的背柔聲哄，「都過去了。」

齊歡哭了半天才止住眼淚，陳讓上前和准岳父打招呼。

「爸……」

一開口，齊歡抬腿踢了他一腳。

齊參倒是不扭捏，笑呵呵道：「不忙啊？」

「這段時間不忙。」陳讓說著，招呼他們上車。齊歡很高興，一直都坐副駕駛的她，這次坐在後座陪齊參說話。

車一路經過幾條城市主幹道，齊參看著窗外景色感慨：「這幾年變化真大，以前我也經常來這，現在卻一點都認不出來了。」

他的無心之言，聽得齊歡眼睛又泛紅，齊參察覺，拍拍她的手背，還笑話她，「怎麼老是哭啊，越活越小孩子氣了。」

齊歡抹乾眼淚，不理他。

陳讓幫齊參準備了房子，但團圓第一天，自然是要去他們的家。

齊參參觀完住宅環境，很滿意，「看得出來是用了心的，不錯，好好過日子。」

「我就知道你喜歡這個裝修風格。」在很多東西上，他們父女的審美都是一致的。齊歡說，「你住的地方也是按這個風格裝潢的，就在這個社區裡，離得挺近。」

齊參一聽他們小倆口幫他準備了房子，連忙擺手拒絕。齊歡哪容許他說不，「買都買了，你不住放在那幹嘛？」

「這樣花錢……」

「哎呀你就別說了，他娶我，孝敬你不是應該的？」

陳讓接話，「歡歡說的是，都是一家人。」

齊參看看陳讓，再看看齊歡，嘆氣，在她額頭戳了一指，「妳呀。」

齊歡這才滿意，抱著他的手臂帶他去看自己前兩天剛養的多肉盆栽。

※　※　※

懷孕四個月的時候，齊歡和陳讓辦了一場婚禮。一開始檢查出妊娠反應時就打算結婚辦婚宴，考慮到前三個月胎兒不穩，於是往後延期一個月。齊歡很不滿，倒不是陳家有哪裡虧待她，相反，上到陳衛華，下到女強人陳珍，各個都對她和顏悅色，就差把她供起來。

她不滿的是懷著孕結婚，凶過陳讓好幾次，「有誰挺著個肚子結婚，難看死了！」

或許是因為孕期的關係，齊歡的脾氣暴躁，時常對陳讓拳腳相向。陳讓全都忍受了，惹得左俊昊和季冰嘲笑好幾回，說：「看看看看，報應來了吧，這張冰塊臉也有做妻奴受氣的一天。」

對於這些言論，陳讓全都當耳邊風——誰受氣了？並沒有。樂在其中，旁人不懂。

婚禮當天，齊歡收到了來自朋友們送的新婚賀禮，紀茉送了一條水晶項鍊，價格不便宜。她和紀茉一年見面的次數一隻手都數得過來，全因陳讓跟她說少和紀茉見面。最開始齊歡不理解，後來發現左俊昊似乎在追紀茉，得出結論，大概是陳讓怕她占了紀茉的時間，影響左俊昊和紀茉的終身大事？

她沒仔細追問過，也沒有真的就此刻意疏遠，只是紀茉工作忙，她亦不清閒，見面的次數還是自然而然地減少了。

雖然見得少，感情卻沒有受影響，齊歡鄭重其事地將項鍊放進化妝檯下的抽屜裡，能隨時看見這份友誼。不料，當晚就被陳讓找了個收納盒放起來，齊歡本來不樂意，想想項鍊不常戴，也怕自己不小心弄丟，便沒說什麼。

婚禮結束，齊歡繼續養胎，陳讓空出大半時間在家陪她，齊參也每天定時過來陪他們說話聊天。

婚宴後第三天，齊參正和陳讓下棋，接到一個陌生號碼的來電。

「喂？」齊參接通後，那邊卻一直不說話，連問了好幾聲都沒動靜。要掛電話之際，那邊開口：『齊參……』

齊歡見齊參臉上的笑意一下停滯，擔心道：「怎麼了？」

『齊參，是我……』

電話那頭傳來熟悉的聲音，齊參一剎那便認出是誰，握著手機的手微微用力。

『我是方秋……』

「不好意思。」齊參的臉色很快恢復正常，那股悵然從喉管裡了無痕跡地散去，聲音平靜而沉和，「我不認識妳，妳打錯電話了。」

掛斷通話，把手機往旁邊一放，他將兩隻手的袖子擼高了些，「認真下啊，到關鍵的時候了，我可不會讓你……」

陳讓含蓄地笑，「當然。」

齊歡見齊參神色無異，也收了心思，繼續看他們下棋。

下完棋，陳讓親自下廚做晚飯，齊歡坐在餐廳裡和他說話。陳讓怕廚房裡的味道影響到她，邊炒菜邊趕她走，孕婦卻巍然不動，賴在餐桌邊坐著，無論如何都不肯動。

齊參坐在客廳中，手裡拿刀削水果皮，時不時抬頭朝那邊看一眼。小倆口你一句、我一句拌嘴聲傳進耳裡，聽得他發笑。

視線瞥到茶几上放著的手機，動作頓了一瞬。也僅僅只是一瞬而已。

齊參將剩下的果皮削完，拿去給齊歡吃，沒有再看手機一眼。

三個人都聚到餐廳，人不多，卻熱熱鬧鬧，暖意融融。

那通電話，只是一個無關緊要的插曲。那個打電話的人，也早已是昨日雲煙，不值得再去浪費一絲一毫的感情。

未來的日子還長，他們會越過越好，一家團圓，和和美美。

後記

打下最後一個標點符號的時候，心裡鬆了口氣，莫名的也有點失落。可能是投入的感情太多了，在寫這個故事的時候，我想起很多青春期的事情。

在我讀書的學校圍牆一側，有一條巷子，就像文裡寫的，橫在一中和敏學之間的那條。我記得它很長，很狹窄，每次下過雨後坑窪不平的石板地就會泛潮，等雨水被曬乾，巷子裡會飄起一股揮之不去的潮腥味彌漫開。

巷子裡頭就是學校，一抬頭就能看到我們牆面斑駁的教學大樓。

齊歡在巷子裡翻一中的圍牆，我沒有翻過，但那個味道我記了很多年，因為走過太多遍，腳踩在陰濕的地上，聞著那股一開始抗拒後來日漸習慣的味道，每踩一步，記憶裡留下的痕跡就深一分。

齊歡和陳讓的故事，其實真正要說也是從巷子開始。

巷口初見，齊歡帶著敏學的刺頭分子去平息糾紛，陳讓的桀驁和冷淡不期而來闖進她眼底。很多人問過為什麼齊歡會喜歡陳讓，其實沒有為什麼。在我看來這就像是突然的陰天，突然的雨，或者突然的天晴。

一見鍾情。

沒有道理，說不清緣由，就那麼發生了。

陳讓身上有一股很特殊的氣質。當齊歡帶著敏學的人撤離，奔跑時回頭看，巷口的陳讓散漫站在原地，陽光透過樹葉斑駁投射在他身上，他眉目清冷疏淡，於是從那一刻起，這個人在她心裡越發五光十色，絢爛無比。

多簡單，但又多美的場景。

他們相遇在少年時代，行文期間，我也常常想到自己的少年，那些年歲離我不算太遠，但仔細想想已經有些模糊。

都說時間只向前不回頭，回頭的從來只有人自己。寫歡歡和讓哥的過程中，我回頭不止一次，不止一次想起久遠的青澀。

下課趴在欄杆上看樓下的人打球，只為找一個想看的身影；一遍又一遍地路過別人的班門口，目不斜視，眼角餘光卻控制不住地飄向想去的地方；會為了排名榜上名字靠得近而開心；走廊上三秒的擦肩而過也足以回味好久；甚至偷偷要來了聯繫方式，看著那一串號碼，猶豫半天卻不敢加……

不經事時的心情，大概都是這樣隱祕而酸澀。而在齊歡這個小姑娘這裡卻是不成立的。她敢愛敢恨，天不怕、地不怕。她有驕縱的資本，為人良善，看似大大咧咧實則內心柔軟。所謂少年酸澀心事，在她這裡，坦蕩磊落，光明無霾。

她不加以掩飾地表現給陳讓看：看，我就是這麼喜歡你。

在知道致使陳讓改變的那段過往後，她趴在他病床前大哭，自我責問。面對和陳讓有過節的那一群人，她擋在陳讓身前。澈底解決事情後，她堅毅告訴陳讓：「你的善良沒有錯。」

如果不是她這一番作為，不是她這句話，陳讓或許無法從過往中走出來。

莽撞也溫柔，勇敢而無畏，齊歡就是這樣。

是她將墮入苦痛的陳讓拉回來，一點一點捂熱他的心，教會他重新擁抱這個世界，儘管她自己也生活在並不健康的家庭氛圍中。

這樣一個人，陳讓如何能不愛？

愛情是相互的，彼此理解，共同成長，能做到這一點就已十分不易。換作我在年少時遇見，我想我會羨慕齊歡。但同樣的，比起羨慕，我更會喜歡她。

當然，陳讓也不容易，他做到了很多難以做到的事。在歡歡因為家庭變故不得不迎接糟糕環境時，他隱忍著，一邊努力成長，一邊等待。

他是個話不多的人，省下來的那些字，統統都用行動做了回答。在歡歡離開的幾年間，他夜以繼日，爭分奪秒，不停地鞭策自己前行，為的就是有朝一日可以成為一個有擔當的男人，為她擋下生活的重壓。

為這段感情，他們倆都吃了很多苦。最開始是齊歡不計回報付出，陳讓冷淡，偶有回應。到後來彼此交心，縱使隔著遙遠距離，一個艱難求生，一個負重成長，他們之間為了彼此而成為更好的人的默契，再容不下別人打擾介入。

從陌生到熟悉，從喜歡到深愛，經年後坎坷盡散，那一句「我們有家了」，我想，那便是人生給他們最好的回報。

記得友人曾和我笑言：「陳讓這脾氣，除了齊歡沒人敢追他了吧。」

我說：「是啊，換做是我的話，早在廣播室那就陣亡了。」

畢竟不是誰都有一顆鑽石心，也不是誰都有一雙能為愛人扛下苦難的雙肩。

我是個俗人，過了青春期後，對另一半的幻想早就減淡，但無論多少風霜過盡，仍保有一絲對愛情的美好祝願。我希望經過塵世紛擾仍有人能堅定握緊彼此雙手，我希望不管吃過多少苦、行過多少磨難，仍有人能不負深情得來圓滿。

齊歡和陳讓，或者這世上別的什麼人，不管誰都好，我希望所有真摯的感情都能開出花。
有情人本該終成眷屬。
月亮很美，希望你也美。

雲拿月

高寶書版集團
gobooks.com.tw

YH 048
小清歡（下）
作　　者　雲拿月
責任編輯　吳培禎
封面設計　鄭婷之
內頁排版　彭立瑋
企　　劃　鍾惠鈞

發 行 人　朱凱蕾
出　　版　英屬維京群島商高寶國際有限公司台灣分公司
　　　　　Global Group Holdings, Ltd.
地　　址　台北市內湖區洲子街 88 號 3 樓
網　　址　gobooks.com.tw
電　　話　(02) 27992788
電　　郵　readers@gobooks.com.tw（讀者服務部）
　　　　　pr@gobooks.com.tw（公關諮詢部）
傳　　真　出版部 (02) 27990909　行銷部 (02) 27993088
郵政劃撥　19394552
戶　　名　英屬維京群島商高寶國際有限公司台灣分公司
發　　行　英屬維京群島商高寶國際有限公司台灣分公司
初　　版　2021 年 8 月

本著作物由北京晉江原創網絡科技有限公司授權出版。

國家圖書館出版品預行編目 (CIP) 資料

小清歡 / 雲拿月著 . -- 初版 . -- 臺北市：英屬維京群島商高寶國際有限公司臺灣分公司 , 2021.08
　冊；　公分 . --

ISBN 978-986-506-209-5(上冊：平裝). --
ISBN 978-986-506-210-1(下冊：平裝). --
ISBN 978-986-506-211-8(全套：平裝)

857.7　　　　110013218